LETTRES

DE ROUSSEAU

SUR

DIFFÉRENS SUJETS

DE LITTÉRATURE.

TOME SECOND.
Nouvelle Édition.

EX RECTO DECUS

A GENEVE,
Chez BARRILLOT & FILS.

M. DCC. L.

LETTRES

DE ROUSSEAU
ET
DE BROSSETTE.

BROSSETTE A ROUSSEAU.
Lyon 24 Avril 1715.

MONSIEUR;

Les lettres que vous avez écrites à Messieurs Fabry & Barillot, m'ont appris l'opinion avantageuse que vous avez de mon Commentaire historique sur les œuvres de M. Despréaux.
Tome II.

L'approbation d'un homme tel que vous, Monsieur, est sans doute la plus glorieuse récompense, que je pouvois attendre d'un ouvrage comme celui-là. Mais j'en suis récompensé bien au-delà de mes espérances, en apprenant encore que vous voulez étendre votre estime jusqu'à l'Auteur même, & que vous avez conçû pour moi quelques sentimens de considération. Vous avez crû sans doute qu'un homme qui avoit eu le bonheur de plaire à M. Despréaux, devoit avoir quelque sorte de mérite. Voilà une heureuse prévention, dans laquelle j'ai bien intérêt de vous entretenir : mais comme elle est toute gratuite de votre part, je vous en fais mes très-sincéres remercimens. C'est dans la conversation de ce grand homme, & par la préférence qu'il donnoit à vos talens, que j'ai commencé à vous connoître. Mais cette idée s'est bien perfectionnée dans la suite de la lecture de vos ouvrages.

J'efpérois que vous en donneriez bien-tôt une édition augmentée, dans laquelle vous inféreriez fur-tout une piece nouvelle, que j'ai vûe ici entre les mains de M. le Grand-Prieur. Mais votre prochain départ pour l'Allemagne me fait craindre que vous ne différiez l'exécution d'un deffein fi agréable au Public. Votre féjour dans une Cour étrangére va vous priver de la plupart des nouvelles littéraires de Paris & du Royaume. J'offrirois de vous en informer exactement, fi je croyois que les chofes que je vous manderois, puffent vous dédommager de l'ennui de lire mes lettres. Vous n'ignorez pas la guerre préfente du Parnaffe entre Madame Dacier & M. de la Motte, au fujet d'Homere. Cette Dame a publié un gros volume contre M. de la Motte, & celui-ci a commencé à y répondre. M. Boivin a écrit en faveur d'Homere, & l'Abbé Terraffon vient au fecours de M. de la Motte, avec un ouvrage que j'ai vu en

A ij

manuscrit, & qui paroîtra bien-tôt. Les
Poetes subalternes, comme troupes
auxiliaires, se joignent à celui des
deux partis qu'ils ont embrassé. Je
m'intéresse d'autant plus à cette dispute, que je connois les principaux
combattans. Mais au bout du compte
je suis persuadé que cette guerre,
bien loin de donner atteinte à la réputation d'Homere, ne fera que l'affer-
mir, & que le siécle suivant rougira
des erreurs de celui-ci. M. de la Monnoye me mande que toute la jeunesse
est déclarée contre le divin Poete; &
que si l'Académie Françoise prenoit
quelque parti, la pluralité seroit certainement pour M. de la Motte contre Madame Dacier.

In vetulam pugnat juvenis non unus Homerum:
Una tot in juvenes pro Sene pugnat Anus.

Je ne vous parle point en détail de
quantité de menues Poesies qui courent au sujet de cette même dispute,
& dont la plupart ne valent pas grand'
chose. J'aimerois bien mieux, Mon-

fieur, qu'il vous prît en gré de nous faire part de vos derniers ouvrages. Si j'avois entrepris de leur donner les plus fortes louanges, je n'aurois pour cela qu'à exprimer tout naïvement ce que j'en pense. J'admire surtout, dans tout ce qui a paru, la facilité avec laquelle vous entrez dans des caractéres tous différens & même opposés. Grandeur & sublimité dans vos Odes : enjouement naïf & noble dans vos Epîtres, simplicité, brieveté & vivacité, avec un tour original, dans vos Epigrammes. Voila, Monsieur, ce que je relis souvent, & que je voudrois bien être à portée de lire avec vous.

Recevez, je vous prie, les assurances très-sincéres que je vous donne ici de l'estime singuliere que j'ai pour vous, & de l'attachement respectueux avec lequel j'ai l'honneur d'être, Monsieur, votre très humble & très-obéissant serviteur,

BROSSETTE.

A iij

ROUSSEAU A BROSSETTE.

A Soleure le 1 *May* 1715.

LE peu de pages que j'ai vues de
votre excellent Commentaire sur
les Oeuvres de M. Despréaux, suffisoit
pour me donner l'idée avantageuse
que j'ai conçue de l'ouvrage entier.
J'y ai remarqué non-seulement les
mêmes choses que j'ai entendues plus
d'une fois de la bouche de ce célébre
Auteur ; mais encore sa maniere de
les dire : & cet échantillon, que je
pourrois comparer à cette ligne sçavante qui fit reconnoître Appelle à un
Peintre de son tems, m'a fait reconnoître M. Despréaux, ou plutôt son
véritable esprit passé dans son Com-
mentateur, dans un tems où la plupart de nos Ecrivains même en Prose,
semblent mépriser le bon sens & la
nature, pour courir après les faux
brillans de l'esprit. J'ai remarqué avec
plaisir dans vos sçavantes nottes, un

ſtyle propre, tourné uniquement au
profit du Lecteur, & débarraſſé de
toutes ces vaines ſuperfluités, qui ne
ſont que trop ordinaires aux Com-
mentateurs, & qui au lieu d'éclaircir
le texte, ne ſont que dégouter de la
critique. Comme rien n'eſt plus naturel que d'eſtimer l'Auteur dont on eſtime l'ouvrage, j'ai crû ne devoir pas
vous rendre juſtice à demi, & que les
ſentimens que j'ai de votre perſonne
vous étoient d'autant mieux dûs, que
la maniere la plus infaillible de juger
du caractére des hommes, eſt d'en juger par leurs écrits. Si c'eſt-là, Monſieur, ce qui m'a attiré l'obligeante lettre que vous m'avez fait l'honneur de
m'écrire, j'avoüe que je ſuis bien ré-
compenſé d'avoir eu le ſens commun,
puiſque rien n'égale le plaiſir que j'ai
ſenti en la recevant, ſi ce n'eſt le regret d'avoir été prévenu, & de n'a-
voir pas fait toutes les avances d'une
amitié ſi utile & ſi glorieuſe pour moi.
Je ſerois indigne de celle dont j'ai été

A iv

honoré par un des plus grands hommes que la France ait vû naître, si je
n'honorois pas en vous celui de tous
ses contemporains qui a travaillé le
plus utilement pour sa gloire. Elle va
devenir inséparable de la votre par la
lumiere nouvelle dont vous l'allez
éclairer, & vous ne serez pas moins
utile à M. Despréaux lui-même, que
M. Despréaux le sera à la postérité la
plus reculée. C'est dans les exemples
aussi-bien que dans les leçons d'un si
rare génie, qu'elle lira la condamnation de tous ces petits Ecrivains sans
nom & sans mérite, qui se croyent
aujourd'hui en liberté d'attaquer im-
punément des Ecrivains que tous les
siécles ont révérés, & sur lesquels
tout ce qu'il y a jamais eu de grands
personnages se sont uniquement formés. Tant d'orgueil joint à tant d'i-
gnorance m'avoit déja donné, je vous
l'avoue, une sérieuse indignation; &
ce que vous m'en apprenez de nouveau dans la lettre que vous m'avez

fait l'honneur de m'écrire, l'auroit
fans doute augmentée, fi je n'avois
pas été un peu confolé par la lecture
du livre de Madame Dacier, qui eft
felon mon fens, un des plus folides
ouvrages de critique, qui ait paru de
notre tems. Je n'ai point encore vû
ce que M. Boivin a écrit fur la même matiere. Cependant à le bien prendre, je commence à trouver que toutes ces difputes font trop d'honneur
à des gens incapables d'en acquérir
par une autre voye. Le fentiment des
Sages une fois établi par des principes univerfellement reconnus ; il ne
leur refte plus d'autre chofe à faire
que de rire aux dépens de tous les
fous qui voudroient y contredire. On
n'auroit jamais fait fi on entreprenoit
de combattre l'un après l'autre, tout
ce que le monde peut fournir d'extravagant ; & je tiens que la fangle
de Trivelin eft plus propre à terminer
un pareil combat, que la lance d'A-
chille. C'eft dans cette idée, que je

A v.

me fuis amufé à tourner une petite
Epigramme dont je ne puis m'empêcher de vous faire part, pour vous
payer, autant que je le puis, de l'excellent diftique latin, que vous avez
inferé dans votre lettre. J'ai fait allufion à la Fable connue du Renard,
qui avoit perdu fa queue, & voici
comme je l'explique à ma maniére.

Leger de queue & de rufes chargé,
Maître Renard fe propofoit pour règle.
Leger d'étude, & d'orgueil engorgé,
Maître Houdart fe croit un petit Aigle.
Oyez-le bien, vous toucherez au doigt
Que l'Iliade eft un conte plus froid
Que Cendrillon, Peau-d'Ane, ou Barbebleue:
Maître Houdart, peut-être on vous croiroit,
Mais par malheur vous n'avez point de queue.

Vous voyez par-là, Monfieur, quel
eft mon fentiment fur le genre d'é-
crire dont on doit fe fervir avec des
gens qui ne difputent point pour
éclaircir la vérité, mais pour établir
leurs erreurs, & que je mets une
grande différence entre les doutes
raifonnables des Sçavans, qui doivent toujours être refpectés, & les

affirmations téméraires des ignorans, qu'on ne détruit jamais mieux qu'en mettant leur ridicule en son jour :

Et visu digna revinci.

Je sens que le plaisir de vous entretenir me mene trop loin. Voilà déja une longue lettre, & je ne vous ai point encore remercié de l'offre obligeante que vous me faites de m'apprendre des nouvelles de la République littéraire. Oserai-je abuser de votre civilité jusqu'à vous prier de me tenir parole? Je sens tout l'agrément & toute l'utilité d'un commerce comme le vôtre, & que je ne pourrai jamais m'empêcher de vous importuner le premier de mes lettres lorsque je serai à Vienne. J'ai vêcu en ce pays-ci dans une assez grande ignorance de ce qui se passe au Parnasse: j'ai même demeuré trois ans sans songer à y remonter, & je serois encore dans la même létargie, si son Excellence M. le Comte du Luc, au retour d'un voyage qu'il fit il y a un an & demi à la

A vj.

Cour, ne m'avoit fait une efpéce de
violence pour m'en tirer. Je me fuis
donc réconcilié avec les Mufes, & je
ne m'en répentirois point fi j'ofois me
flatter que votre difcernement eût la
même part que votre politeffe, dans
les louanges dont vous m'honorez.
Mais comme je fuis de ceux qui attendent l'infpiration, & qui ne la cher-
chent pas, je n'ai pas autant avancé,
que je l'aurois pû faire, fi j'avois travaillé de fuite. J'ai pourtant de quoi
augmenter mon édition de plus d'un
quart, & peut-être avant la fin de l'année ferai je en état de la groffir d'un
bon tiers. C'eft alors que je fongerai
férieufement à me faire réimprimer,
& je ne prendrai point ce parti-là fans
vous avoir confulté auparavant. Je
m'eftimerois bien heureux s'il pouvoit
m'être permis de profiter de vos avis
& de vos lumieres. Au défaut de cela
ne me refufez pas la grace de m'apprendre quelquefois de vos nouvelles : je n'en puis recevoir qui me

foient plus agréables : & vous n'en fauriez honorer perfonne, qui foit avec un plus fincére attachement, ni une plus refpectueufe eftime, que moi, Monfieur, votre très-humble & très-obéiffant ferviteur,

ROUSSEAU.

BROSSETTE A ROUSSEAU.

Lyon ce 26 Juin 1715.

J'AI appris de divers endroits, que vous étiez fur le point de partir pour l'Allemagne : c'eft ce qui m'a empêché de vous écrire avec l'exactitude que je vous devois, & que je me devois à moi-même. Car je ne fçais fi vous êtes encore à Soleure, ou fi vous êtes arrivé à Vienne. Mais quelque part que vous foyez, je marche fur vos pas, pour vous donner des marques de mon attachement & de mon fouvenir. Je ne vous parlerai point du plaifir que votre lettre m'a fait : elle eft trop belle & trop obligeante, pour n'être payée que par des louanges mediocres. Mais ce que je puis faire pour vous prouver ma reconnoissance, c'est d'exécuter l'engagement que j'ai contracté avec vous, & de vous informer des nouvelles litteraires de France, autant qu'un provincial comme moi, un peu dépaïsé, peut le faire sans vous ennuyer. La guerre Homerique dure toujours entre Madame Dacier, & M. de la Motte. Ce dernier m'a envoyé depuis quinze jours la seconde partie de ses *réflexions sur la Critique*, pour répondre à son illustre & sçavante Adversaire. Mais je le trouve un peu superficiel dans cet ouvrage aussi-bien que dans tout ce qu'il a écrit touchant cette dispute. Cela confirme à merveille le jugement que vous avez fait du cet écrivain, dans l'Epigramme que vous m'avez envoyée : *Mais par malheur vous n'avez point de queue.* Une de ses principales objections contre Homere est fondée sur les idées que ce

Poëte nous a données de ſes Dieux ;
idées qui paroiſſent fauſſes & ridicules. Mais il faut ſe ſouvenir qu'Homere nous a parlé de ſes dieux ſuivant
la Théologie de ſon rems. Ainſi il y
auroit autant d'injuſtice à le regarder
comme l'inventeur de ces mêmes
idées, & à le charger de ce qu'elles
peuvent avoir de rebuttant, qu'il y
en auroit à condamner un Peintre,
qui répréſenteroit aujourd'hui les
avantures mêmes de l'Iliade, ou les
Métamorphoſes d'Ovide ; ou à bla-
mer un Poëte Indien, qui décriroit
les myſteres de ſa Religion, tout in-
croyables, & tout ridicules qu'ils
nous paroîtroient. Virgile, dira-t-on,
parle des mêmes Divinités qu'Homere a employées, & il en parle
d'une maniere plus décente & plus
convenable. Soit : mais l'un & l'autre nous ont répréſenté ces Dieux
ſuivant les idées reçues de leur rems,
& ces idées étoient peut-être plus
épurées du tems de Virgile, que du

tems d'Homere. Voilà toute la différence. M. de la Motte dans cette feconde partie de fa Réponfe , fait l'a-
pologie de fon difcours fur Homere. Il en prépare une troifiéme pour
juftifier fon Iliade en vers françois.
En attendant que cette troifiéme partie paroiffe , recevez le jugement
qu'Apollon a fait de cette même traduction , dans l'Epigramme fuivante :

Je chantois , Homere écrivoit ,
Dit Apollon , en voyant l'Iliade.
Mais quand il vit la traduction fade
Qu'en vers François un Auteur en faifoit :
Ce n'eft pas moi , dit-il , c'eft Midas qui chantoit.

Vous fçavez que le Poëte que vous
défignez par l'épithete *d'homme au
front large* , a écrit contre M. de la
Motte , & qu'il a publié un gros volume fous le titre *d'Homere vengé.*

L'ouvrage de M.*** commence,
dit-on , à paroître : cependant je ne
'ai point vu imprimé , & je ne connois cet ouvrage que par la lecture
que l'Auteur m'a faite de plufieurs
morceaux. Voici une Epigramme

qu'on m'a envoyée de Paris.

> **** par lignes obliques ,
> Et par regles géométriques
> Prétend nous prouver avec art .
> Qu'Homere prend souvent l'écart :
> Que les fictions poëtiques ,
> Et les autres beautés antiques
> Ne nous plaisent que par hazard.
> Il s'en avise sur le tard :
> Et quoique ce Docteur décide
> D'un ton à gagner son procés ,
> Gâcon avec même succés
> Peut faire un Rondeau contre Euclide.

M. de la Monnoye a publié depuis
peu le Ménagiana , augmenté de la
moitie , c'est-à-dire , qu'il est en quatre volumes : il m'a fait l'honneur de
m'en envoyer un exemplaire. Mais
dès que le livre a paru , on s'est for-
malisé de quelques Contes un peu
libres , qu'il y avoit ajoutés , & on
l'a obligé de refaire plusieurs cartons
à quoi il travaille. Il y a dans ce livre
deux endroits qui vous regardent.
Comme apparemment il n'a pas encore passé dans vos mains , j'ai cru
devoir vous transcrire ici ces deux
articles. *Tome I. pag.* 169.

» Parmi les les Epigrammes impri-
» mées l'an 1712. à Rotterdam,
» fous le nom de M. Rouffeau, il y
» en a de ma connoiffance tout au
» moins cinq, une bonne, & quatre
» mauvaifes, qui conftamment ne
» font pas de lui. La bonne, dont le
« titre eft *contre la Judith de Boyer*,
» pag. 381. eft de Racine. Des qua-
» tre mauvaifes, celle de la pag. 348,
» *un Compagnon que les Turcs avoient*
» *pris*, & celle de la page 353, *un*
» *Prêtre fut qui la veille des Rois*, fe
» trouvent dans un recueil d'Epi-
» grammes anciennes, intitulé : *la*
» *Confolation des Triftes*, à Rouen,
» *in-16.* chez Robert & Jean Dugort
» 1554. Celle de la page 361. *un*
» *Cordelier*, eft au premier Tome *du*
» *Cabinet Satirique*, livre qui pour
» la premiere fois parut vers 1612.
» Encore pour fauver la bienféance,
» y a-t-on fubftitué *Ecolier* à *Corde-*
» *lier*. Pour celle de la page 354. *en*
» *un quartier une maifon bruloit*, je

» ne puis dire de qui elle eſt, mais je
« ne la crois nullement de Rouſſeau.
» *Tom. II. pag. 236.*

Un gros garçon qui creve de ſanté,
Mais qui de ſens a bien moins qu'une buſe,
De m'attaquer a la témérité,
En médiſant de ma gentille Muſe.
De ce pourtant ne me chaut, & l'excuſe,
Car demandant à gens de grand renom
S'il peut mon los m'ôter par telle ruſe,
Ils m'ont tous dit aſſurément, que non.

Ce huitain eſt de Marot ou de
Rouſſeau.

Le P. Buffier a publié des lettres
où il a mis *Homere en arbitrage.* Je
ne ſçais ce que c'eſt. Mais tout cela
n'empêche pas que Madame Dacier
ne faſſe imprimer ſa traduction de
l'Odiſſée. On y travaille fortement.
M. Boivin a donné la vie de Pithou
à laquelle il a travaillé long-tems.
L'impreſſion de mon Commentaire
hiſtorique s'avance beaucoup. Il me
paroît que l'ouvrage eſt attendu avec
quelque impatience. Après vous avoir
ainſi rendu compte des ouvrages d'autrui & des miens, j'oſe exiger de vous

que vous me rendiez un peu compte
des vôtres , & de vos occupations.
Perfonne n'en connoît mieux le prix
que moi , & perfonne auffi n'eft plus
fincerement que je le fuis , Monfieur , &c.

ROUSSEAU A BROSSETTE.

Vienne , 24 *Juillet* 1715.

JE me préparois , M. à vous faire
fouvenir de la promeffe que vous
avez eu la bonté de me faire avant
mon départ de Soleure. Mais je vois
qu'Homere a eu raifon de repréfenter les prieres boiteufes , puifque votre amitié a devancé les miennes , &
que mes remercimens arriveront
avant elles. S'ils étoient auffi élo-
quens qu'ils font finceres , vous n'auriez nulle peine à concevoir le plaifir
que j'ai reçu de la lettre que vous m'a-
vez fait l'honneur de m'écrire. Quelque agréables que foient les nouvelles
que j'ai apprifes , la maniere de les ap-

prendre l'eſt infiniment davantage,
& l'art de l'hiſtorien l'emporte de
beaucoup ſur le mérite de l'hiſtoire.
Vous ſçavez que celle-ci, auſſi-bien
que la poëſie, a ſes fondemens dans
la morale, & que les faits qu'elle
rapporte n'ont d'utilité qu'à proportion de la connoiſſance qu'ils donnent des vices & des vertus attachés
à la condition humaine.

C'eſt le fruit que j'ai tiré, M. du
récit que vous me faites de la guerre
poëtique renouvellée en France. J'y
ai parfaitement reconnu l'eſprit qui
regne aujourd'hui dans Paris ; & par
les héros des deux partis, il m'eſt aiſé
de juger du caractere de tous ceux
qui combattent ſous leurs enſeignes.
Cette diſpute pourroit quelque jour
fournir de matiere à quelque Iliade
comique, d'autant plus juſte dans ſon
application, que tout ceci finira, ſelon les apparences, par la victoire des
Grecs, & par l'anéantiſſement des
deſcendans de Francus. Il ſera facile

d'y introduire des Divinitez, & d'y
faire voir la Prévention, l'Entêtement,
la Témérité, l'Ignorance, les armes
à la main contre la Raison, la Vérité
& le Savoir. Ces Divinitez auront les
vertus & les défauts qu'Homere donne aux siennes, & l'Hector des Caffés
apprendra par-là, puisqu'il ne l'a
point appris ailleurs, la différence
que la Théologie des Poëtes, aussi-
bien que la nôtre, a toujours faite
entre l'Etre suprême, & les Divinités
subalternes, connues sous les noms
qu'Homere leur a donnés. Ce nouvel
Aristarque n'avoit pas besoin d'une
grande recherche pour s'en instruire :
il ne falloit pour cela qu'ouvrir Platon, & tous les Philosophes anciens,
qui ont écrit de la nature des Dieux.
Il y auroit vu que les Payens recon-
noissoient comme nous une premiere
Intelligence, douée de toute perfection, & qu'entre ce premier Etre &
nous, ils admettoient différens de-
grés d'Intelligences moyennes, plus

parfaites & plus puiffantes que l'homme , mais pourtant fujettes à l'imper-
fection auffi-bien qu'à la dépendan-
ce , puifqu'elles étoient affujetties à la
néceffité dont ils faifoient une divinité fupérieure à Jupiter même , le
maître de tous les autres. Ils conce-
voient donc leurs Dieux à peu près
comme nous concevons les Anges ;
& puifque notre Religion en admet
de bons & de mauvais , il faut avoir
une idée bien fublime de celle des
Payens pour faire un crime à leurs
Poëtes de ce qu'ils ne les font pas tous
auffi parfaits que Dieu même. Homere , auffi grand Philofophe que
grand Poëte , fçavoit fa religion
mieux que fes cenfeurs , & ce n'eft
point un mérite à Virgile d'avoir donné moins de paffions que lui à fes
Dieux , puifqu'au contraire Homere
en les y affujettiffant , a jetté dans
fon Poëme une chaleur qui manque
à celui de Virgile , tout admirable
qu'il eft d'ailleurs. Ajoutez , M. à cet-

igorance du cenſeur , une extrava-
gance de jugement la plus groſſiere
du monde , qui eſt de condamner
Homere ſur le paralelle des mœurs &
des uſages qu'il a décrits , avec ceux
de notre ſiecle ; & de vouloir ainſi
avilir le plus beau monument , & preſque le ſeul qui nous reſte des coutumes de la précieuſe Antiquité. Il n'a
pas ſongé qu'en mépriſant ces coutumes , il faiſoit le même outrage aux
livres de l'Ancien Teſtament qui y
ont un ſi grand rapport.

Mais c'eſt trop s'étendre ſur des
objections qui ne méritent pas d'être
réfutées , & je ne doute point que
Madame Dacier n'acheve d'épuiſer
cette matiere dans ſes remarques ſur
l'Odyſſée. J'ai beaucoup d'impatience de voir ce livre imprimé , & MM.
Fabry & Barillot me feroient un grand
plaiſir de me l'envoyer ici avec votre
commentaire hiſtorique ſur M. Deſ-
preaux , dont tout le monde a été
auſſi charmé que moi ſur la premiere
feuille

quē j'en ai fait voir ici. Je n'ai pas la même curiofité pour l'ouvrage de M ** Il me fuffit d'avoir quelquefois vu l'Auteur, pour fçavoir qu'il n'a jamais facrifié aux Graces, & qu'il ne fera jamais en état de juger de celles de la poëfie. C'eft un efprit dur & pédantefque, qui ne devoit jamais fortir de fes angles & de fes paralleles, & pour qui les beautés d'un Poëte comme Homere feront toujours une terre inconnue.

J'ai fouvent oüi dire à M. Defpréaux, que la philofophie de Defcartes avoit coupé la gorge à la poëfie ; & il eft certain que ce qu'elle emprunte des mathématiques deffeche l'efprit, & l'accoutume à une jufteffe matérielle, qui n'a aucun rapport avec la jufteffe métaphyfique, fi cela fe peut dire, des Poëtes & des Orateurs. La Géométrie & la Poëfie ont leurs regles à part, & celui qui s'avife de juger Homere par Euclide, n'eft pas moins impertinent que celui qui voudroit juger Euclide par Homere.

Les deux Epigrammes que vous m'avez fait l'honneur de m'envoyer, font tout-à-fait bien tournées. Quant à celle qui eſt rapportée par M. de la Monnoye, je ne la connois point, & je ne l'ai jamais vue dans Marot, quoiqu'elle mérite bien d'y avoir place. Je lui ſuis obligé de la juſtice qu'il me rend ſur les cinq qu'il a citées : il pourroit me la rendre encore ſur une vingtaine d'autres qu'on a inſérées parmi les miennes avec autant de malice, que d'ignorance : c'eſt de quoi je parlerai au long quand l'occaſion s'en préſentera. Mais il faut avant cela que j'aie mis ma ſeconde édition en état de paroître, & mon enthouſiaſme ſe trouve fort dérangé par le voyage que je viens de faire. J'ai pourtant, depuis que je n'ai eu l'honneur de vous écrire, fait une Ode fort longue, & ſi je ne me trompe aſſez Pindarique, contre les détracteurs de

l'antiquité. Vous en jugerez, M. aussi-
bien que de mes autres poësies, dont
je ne vous entretiendrai point, pour
ne point allonger une lettre déjà
beaucoup plus longue que je n'avois
envie da la faire.

BROSETTE A ROUSSEAU.

Lyon ce 28 Août 1715.

J'AI tant de choses à vous dire, M.
& j'ai tant de plaisir à m'entretenir
avec vous, que quand vous ne m'auriez pas donné l'exemple de supprimer les cérémonies, je crois que je
vous l'aurois donné moi-même. Je
vais donc tâcher de remplir ma feuille le moins mal que je pourrai. Mais
que puis-je vous mander qui vaille
les lettres que vous avez la bonté de
m'écrire ? Quelques nouvelles littéraires débitée sechement, & dans le
récit desquelles je n'ai tout au plus
que le mérite d'un bon gazetier ; voilà tout ce que je fais pour vous, tan-

dis que vous m'enrichiſſez de votre
propre fond par des lettres remplies
de réflexions très judicieuſes, d'une
critique ferme & ſenſée, en un mot
de tout ce qui peut rendre un commerce agréable & inſtructif. Ce que
vous me dites dans votre derniere
lettre touchant la diſpute préſente ſur
Homere, eſt extrêmement agréable.
J'aime à vous y voir tracer le plan
d'une Iliade comique, où l'*Hector*
des Caffés, pour me ſervir de vos
termes, ne ſeroit pas mieux traité
que l'Hector Troyen le fut par Achille. Cette idée me fait ſouhaiter de
voir ſur cela quelque choſe de votre
main, ſur tout l'Ode Pindarique dont
vous me parlez.

A propos d'Ode Pindarique, ſçavez-vous bien ce que M. de la Motte,
& après lui M.*** diſent de Pindare ? Ils appellent *Ecarts pindariques*
ce beau déſordre, & ces grands mouvemens que nous admirons dans ſes
Odes, & diſent qu'il n'a donné dans

ces écarts que pour sauver la séche-
resse & la stérilité des sujets qu'il
avoit à traiter. *Ainsi*, ajoutent-ils,
par un plaisant effet de la prévention,
les admirateurs des anciens ont fait une
regle pour l'Ode, d'une pratique forceé,
où Pindare n'a donné que par le mal-
heur de sa matiere. Vous voyez que
tout cela n'est avancé que pour jus-
tifier l'ordre un peu trop marqué, &
l'uniformité que vous avez repro-
chée aux Odes de M. de la Motte,
desquelles il semble que le Poëte Lucilius ait voulu parler, quand il a dit,
composta ut tessertula omnes, &c.

M. Boivin a publié son Apologie
d'Homere, & le Bouclier d'Achiles.
C'est un petit *in-*12. qui comme vous
voyez, contient deux parties. Dans
la premiere qui est l'Apologie d'Homere, il répond à M. de la Motte par
des rémarques courtes, mais vives &
pressantes. Il convient qu'Homere a
des défauts, mais il ajoute que les
censeurs d'Homere ont presque tou-

jours eu le malheur de fe tromper en le critiquant : ce ne fonc pas les véritables fautes qu'ils critiquent. Dans la feconde partie il répond à une critique de M. de la Motte & de fes fuivans, qui difent qu'il ne faudroit pas un efpace moindre que la Place Royale pour repréfenter tous les fujets qu'Homere a décrits fur le Bouclier d'Achiles. M. Boivin, pour faire voir l'abfurdité de cette critique, a fait graver ce Bouclier fuivant la defcription d'Homere, & il a enfermé tout cela dans une Eftampe ronde, dont le diamettre n'eft que de huit pouces : cela eft démontratif.

L'Abbé M. *** a enfin donné au Public fa differtation critique fur l'Iliade en deux volumes. Le jugement que vous en faites fans l'avoir vue, eft le même que vous feriez fi vous l'aviez lue. Il porte fa critique contre Homere beaucoup plus loin qu'aucun autre cenfeur ne l'a fait jufqu'à préfent, & peu-être ne fe trompe-t-il

pas toujours. Mais dans ce même ouvrage où il a taché de détruire la réputation d'Homere , qu'il traite
d'extravagant, d'infensé, & de Poëte
dangereux , il releve infiniment la
morale des Operas, qu'il trouve excellente. Ne voilà-t il pas un beau
contraste ? Malgré les efforts de tous
ces critiques outrés, la Cour ne laisse
pas d'être pour Homere : c'est M. le
Cardinal de Polignac & M. de Valincour qui ont fixé le jugement de
la Cour.

Les poësies du P. du Cerceau viennent de paroître en un volume. Elles
avoient quelque réputation tandis
qu'elles étoient en manuscrit dans une
espéce d'obscurité ; mais elles n'ont
pu soutenir le grand jour de l'impression ; elles sont lâches & foibles.
Quelle différence de goût & de naïveté , quand on les compare à ce que
vous avez fait dans le genre Maroti-
que ! A l'exemple de ce sçavant Véni-
tien qui immoloit tous les ans les Epi-

grammes de Martial aux Manes de Catulle, je veux immoler les poëfies de
du Cerceau aux poëfies de Rouffeau.

(Ce 30 d'Août) nous venons
d'apprendre une trifte nouvelle. Le
Roi qui étoit malade depuis quelques
jours, fe trouve à l'extrémité, on
l'a même cru mort. Mais l'on fçut
lundi dernier 26 de ce mois fur les
dix heures du foir, qu'il fe portoit
mieux, & qu'il avoit la raifon parfaitement libre. Depuis ce tems-là,
cent lettres différentes nous ont dépeint ce Prince dans fon lit comme
un autre Salomon fur fon trône :
elles nous difent toutes que jamais le
Roi n'a paru fi grand qu'il s'eft mon-
tré à la vue de la mort : tout ce qu'il
dit font autant d'oracles. . . .

Je vous envoye une Epigramme
de votre ftile, & du ftile de Marot :
car c'eft tout un. Elle eft de M. Defpréaux, qui me l'a dictée autrefois.

ROUSSEAU A BROSSETTE.

Vienne le 15 Octobre 1715.

TOUT ce que vous m'avez mandé touchant la mort du feu Roi nous a été confirmé par une foule de lettres qui ont réprésenté ce Prince comme un parfait modele de piété, de conftance & de raifon, & pour tout dire en un mot comme le véritable fucceffeur de S. Louis. Jamais une vie plus illuftre ne fut couronnée par une plus belle mort, & fi un payen, comme Solon, a reconnu que la félicité des hommes confiftoit uniquement dans la fcience de mourir ; que ne devons-nous point augurer du bonheur d'un Roi, qui a fçu finir fi glorieufement la plus glorieufe cariere qui fût jamais ? Que les juftes applaudiffemens que nous donnons aux vivans ne nous faffent point oublier ceux que nous devons aux morts, & que notre nation apprenne

B v

des étrangers, & de ses ennemis mêmes, à respecter la mémoire du plus
grand Prince qui ait gouverné la Mo-
narchie depuis Charlemagne. Notre
légereté est le principal de tous nos
vices ; & ceux que le feu Roi a le plus
élevés, ne peuvent mieux attaquer sa
gloire qu'en témoignant, comme ils
font par leur ingratitude, combien
ils étoient indignes de ses graces.

Vous ne m'avez point parlé dans
votre derniere lettre de l'état où se
trouve votre Edition. Mais M. Sudre m'a appris qu'elle étoit sur sa fin.
Je l'attends avec une impatience pro-
portionnée au mérite de l'ouvrage,
& comme la principale consolation
que je puisse trouver dans la mauvai-
se humeur où me mettent tous les
mauvais livres dont la France est
inondée. Les ***, les la Motte, &
les autres écrivains de même trempe,
ne songent pas que ce sont eux seuls
qui deshonorent les Modernes en
voulant les élever. Aussi leur vue n'est

pas de les faire admirer, mais de fe faire admirer eux-mêmes. Il leur importe fort peu que les Grecs foient mis au deffus des François, ou les François au-deffus des Grecs, pourvu qu'on veuille les mettre au-deffus des uns & des autres ; & ils commencent par combatrre ceux-ci, perfuadés que s'ils en venoient à bout, le refte ne leur coûteroit guere. Pour cela il faut mettre les ignorans dans fon parti, traveftir les Anciens, les habiller en mafque, & les repréfenter aux yeux de ceux qui ne les connoiffent point, fous des traits faux & fuppofés, tels que ceux qu'ils prêtent à Homere & à Pindare.

Il faut qu'ils n'aient jamais lu ce dernier, ou qu'ils fe perfuadent que perfonne ne le lira jamais, pour lui reprocher *fes écarts* (puifqu'écarts y a) comme une marque de la ftérilité de fa matiere ; puifque jamais Auteur ne s'eft moins éloigné de fon fujet : toutes les circonftances fur lefquelles

B vj

il promene fes lecteurs, y étant toujours relatives & indifpenfablement
attachées. Bien plus fcrupuleux en
cela qu'Horace qui en fort prefque
toujours, quoiqu'avec un art admirable. Ne fçavent-ils pas que toutes
les Odes de Pindare ne font que des
Odes panégyriques des Rois & des
plus illuftres perfonnages de fon
tems ? Ignorent-ils que la premiere
regle, je ne dis pas de la Poëfie,
mais de la Rhétorique la plus févere,
eft de louer ceux dont on fait l'éloge,
par ce que leurs ancêtres ont de plus
recommandable ? C'eft ce que fait
Pindare, & ce qui lui donne lieu de
dire tant de chofes également curieufes & fublimes à propos des Heros
qu'il entreprend de célébrer. Par-là,
fans fortir de fa matiere, il trouve
moyen de la varier & de la rendre
toujours nouvelle, enforte que fans
perdre fon heros de vue, il fait à
tout moment paffer devant nos yeux
quelque nouvel acteur qui orne fon

Théâtre , & qui a du rapport à fon action. C'eſt ce qu'il faudroit que M ***
& fon Maître *** euſſent appris avant
que d'entreprendre la critique de Pindare , qu'ils ne connoiſſent certainement point. S'ils avoient feulement lû
les titres de ſes Odes , ils verroient
par l'importance des noms de ceux à
qui elles s'adreſſent pour la plûpart,
que ſa matiere n'étoit pas plus ſtérile
que fon génie, s'agiſſant d'ailleurs de
célébrer des victoires qui alloient de
pair chez les Grecs avec toutes celles
que leurs citoyens pouvoient remporter à la guerre.

Je connoiſſois & je ſçavois même par
cœur la petite Epigramme de M. Deſpréaux que vous avez eu la bonté de
m'envoyer. * On prétend que c'eſt un

* Cette Epigramme fut faite dans une
ſociété de jeunes gens dont étoient Boileau & Racine , & fut l'ouvrage de la Société. Boileau n'eut jamais ce ſtyle , & il
ne l'eut pas appriſe à Broſſette , s'il eut
ſoupçonné qu'elle ſe trouveroit un jour
dans le Commentaire de ſon Art poëtique.

bon mot de M. Racine au Comédien Chanmeflé dans le tems qu'il fréquentoit la maifon de celui-ci. M. Defpréaux n'a point donné cetteEpigramme au public pour ne point donner prife aux cenfeurs trop fcrupuleux ; *parce que* , me difoit-il , *un ouvrage févere peut bien plaire aux libertins ; mais un ouvrage trop libre ne plaira jamais aux perfonnes féveres.* C'eft une maxime excellente qu'il m'a apprife trop tard , & que je me répens fort de n'avoir pas toujours pratiquée. **

Quant aux poëfies du P. du Cerceau , je ne fuis point furpris qu'elles n'ayent pu foutenir le jour de l'impreffion , non qu'elles ne foient pleines d'efprit & de traits fort gracieux , mais par une certaine abondance malheureufe , & ordinaire aux efprits

** Par cette lettre écrite en 1715. on voit que Rouffeau n'attendit pas la vieilleffe pour reconnoître & avouer les fautes de fa jeuneffe, & l'on verra dans une des lettres fuivantes, qu'en 1722. il demandoit pardon à Dieu de 34 Epigrames.

qui ne favent ni choifir, ni fe borner.
Un Auteur difcret & qui veut ménager fes lecteurs, eft obligé de facri-
fier fouvent de bonnes chofes, & il
doit regarder fon ouvrage comme un
feftin auquel fes convives ne peuvent
plus prendre plaifir, dès que leur ap-
petit eft raffafié. Le P. du Cerceau n'a
point fongé au précepte d'Horace,
luxuriantia compefcet. J'ai entendu
trois ou quatre de fes pieces chez Madame fa fœur que je voyois fouvent au
Palais Royal, & il m'a toujours paru
qu'on pouvoit dire de lui ce qui a été
dit d'Ovide, qu'il auroit pu atteindre
au premier rang, *Si ingenio fuo tempe-
rare quàm indulgere maluiffet.*

Le pays où je fuis ne fournit rien
aux nouvelles littéraires: on n'y eft
occupé préfentement que de la guerre
prochaine avec les Turcs, qui eft enfin réfolue. L'Empereur doit avoir au
mois de Mars près de cent cinquante-
trois mille hommes en Hongrie & en
Tranfilvanie; mais le nerf de la guerre

lui manque abſolument , y ayant plus
de quatorze mois que ſes Troupes
n'ont touché leur paye. C'eſt un Prince ſérieux & renfermé , bien différent
de ſon prédéceſſeur , qui étoit le plus
affable & le plus careſſant des hommes ; mais il a beaucoup d'eſprit , une
fermeté inébranlable , & une grande
application à ſes affaires. Quand M.
l'Ambaſſadeur lui alla donner part de
l'avenement du Roi à la Couronne ,
& de la mort du Roi ſon bis-aïeul ,
ſon Excellence lui dit que le feu Roi
n'avoit rien tant recommandé à ſon
petit fils , que de ſe former ſur le modele de Sa Majeſté Impériale , & que
ſes vertus étoient l'unique point de
vûe de l'éducation de ce jeune Prince ,
&c. Il lui répondit : *Monſieur , je re-*
garde ce que vous me dites comme un
Avertiſſement de ce que je dois être ,
plutôt qu'un éloge de ce que je ſuis.

J'ai peur que vous ne trouviez que
j'e péche moi-même contre le précepte
d'Horace ; que ma lettre ne ſoit bien

longue pour le peu de chofes qu'elle
contient ; mais je fuis actuellement au
milieu des Menuifiers & des Tapif-
fiers, qui rempliffent ma chambre. Il
eft bien difficile de ne dire que ce qu'il
faut quand on eft interrompu. Je finis
par vous demander la continuation de
l'honneur de votre amitié. Je me flatte
de la mériter un peu par la juftice que
je vous rends, & par les fentimens &
la parfaite eftime avec laquelle j'ai
l'honneur d'être, Monfieur, &c.

BROSSETTE A ROUSSEAU.

A Lyon ce 25 *Novembre* 1715.

IL y a quelques tems, M. que nous
avions en France deux grandes
fources de nouvelles pour un homme
comme vous : c'étoit l'affaire de la
Conftitution contre le livre du Pere
Quefnel, & la guerre Homerique.
Mais la mort du Roi a tari ces deux
fources, & depuis le changement de
l'Etat, on ne parle plus que de réfor-

mation dans les Finances, d'établiffe-
ment de Confeils, d'arrangement d'affaires : ainfi les deffeins politiques ont
pris la place des démêlés de Religion
& de Littérature. Ce n'eft pas qu'on
ne dife plus rien abfolument de la
Conftitution ; mais on en parle beaucoup plus hardiment ou plus témérai-
rement qu'on ne faifoit.

On voit chaque jour paroître quelque Epigramme nouvelle contre les
Jéfuites, quelque mauvaife Epitaphe
de la Conftitution :

Et l'on n'entend ici qu'injurieux brocards,
Et fur elle & fur eux fondre de toutes parts.

A l'égard de la guerre d'Homere,
depuis le livre de l'Abbé **** il n'a
rien paru de bon fur ce fujet. On
a imprimé en Hollande deux lettres
adreffées à Madame Dacier ; mais elles
font, à ce qu'on m'a dit, d'un caractére fort médiocre. On a auffi mis
Homere en arbitrage. Ce font deux
lettres qu'on attribue au P. Buffier, &
dans lefquelles après avoir expofé le

point de la difficulté touchant les
jugemens que l'on peut porter des
beautés ou des défauts d'Homere, ce
Jéfuite conclud qu'il nous eft impoffible de décider, parce que la plûpart
des articles conteftés dépendent ou
d'un gout arbitraire de nations, de
perfonnes, & de coutumes; ou de
chofes fur lefquelles nous ne fommes
nullement à portée de juger, à caufe
de l'éloignement des tems. Ce qui
tient nos Beaux-efprits en fufpens,
c'eft l'attente de l'Odiffée de Madame
Dacier, dans laquelle on efpére que
cette Dame répondra au livre de l'Abbé ****. Ce livre eft écrit folidement :
il attaque Homere par principes, &
l'on peut dire que c'eft la feule critique mefurée & métodique, qui ait
été faite contre l'Iliade :

Si Pergama dextrâ
Everti poffent, etiam hac everfa fuiffent.

Mais je crois que l'efprit géomé-
trique par lequel cet Ariftarque a voulu fe guider, a plus nui à fon deffein, qu'il ne lui a profité.

Puifque vous honorez mon livre
de votre fouvenir, & que vous en
demandez des nouvelles, je vous dirai, M. que l'édicion que l'on en fait
in-4° eft entierement achevée, &
que l'on travaille à celle que les Libraires veulent donner en petit volume. Ainfi tout cela fera bien-tôt en
état de paroître. Je n'ai pourtant pas
encore envoyé ma Préface, à laquelle j'ai travaillé pendant ces ven-
danges : c'eft un fruit de la campagne que je laiffe un peu murir fur
le papier, avant que de le produire.
J'ai déja mandé à M. Sudre, que
j'aurois bien voulu être à portée de
profiter de votre critique, qui certainement m'auroit été néceffaire ;
mais par malheur pour moi & pour
ma Préface, je fuis trop éloigné de
vous. Dans le tems que j'l'achevois,
j'ai appris de Paris que Monfeigneur
le Duc d'Orléans ayant vû quelques
feuilles de mon ouvrage, a permis
qu'on le lui dédiât. Voilà fans doute

une circonſtance bien glorieuſe pour le livre : mais elle met l'Auteur dans une ſituation bien délicate ; car ma Préface ſe trouvera placée entre le nom du Duc Régent, & les Oeuvres de M. Deſpréaux. Je ſens combien la place eſt difficile à remplir, & combien le pas eſt dangereux. Mais à propos de ce Prince, ſçavez-vous que quand les Académies l'allerent complimenter ſur la Régence, il les aſſura de ſa protection, ajoutant *qu'il n'oublieroit jamais ſes prèmieres amours.*

Je dois aller bien tôt à Paris, & je vous offre ſincerement tous les ſervices qui peuvent dépendre de moi. J'ai peut-être quelque accès auprès des perſonnes avec qui vous avez eu des affaires. Vous me rendrez juſtice ſi vous penſez que cet aveu doive redoubler le peu de confiance que je puis avoir mérité auprès de vous. Voyez donc, M. à quoi je puis être bon : en tout cas ce voyage, bien-loin d'interrompre notre commerce, me fournira de nouveaux fonds pour y contribuer.

J'ai un de mes amis à Lyon, homme de goût & curieux, qui a placé dans son cabinet les Portraits de Rabelais, de Moliere, de la Fontaine, de Racine, & de Boileau. Il lui en manque un sixiéme pour faire simmétrie avec les autres, & c'est le vôtre qui est destiné à remplir cette place. Il m'a chargé de vous demander cette faveur: ainsi, M. vous être prié de choisir à Vienne un Peintre habile, & de convenir avec lui de sa rétribution pour votre Portrait de la grandeur ordinaire. Si-tôt que vous m'aurez fait réponse, on aura soin de vous faire toucher l'argent, & de vous marquer au juste la mesure de la toile. Vous voyez, M. que l'on sçait ici faire cas du mérite : jugez-en par l'attention que l'on a de vous mettre en bonne compagnie, & avec des gens de votre

connoiſſance. J'oubliois de vous dire
que les cinq Portraits que je vous ai
nommés, ſont de très-bonne main,
& que comme votre eſprit n'eſt pas
inférieur à celui de ces grands Originaux ; il ne faut pas auſſi que votre
Portrait ſoit inférieur aux leurs.

Il paroît en France une critique
du *Théâtre Anglois*, &c. traduite de
l'Anglois de M. Collier. Le nom du
Traducteur ne paroît pas, mais je
ſoupçonne M. Coſte d'avoir fait
cette Traduction. L'Auteur ne ménage pas les Poëtes ſes compatriotes,
qui ont deshonoré le Théâtre Anglois, en y expoſant l'Athéïſme,
l'Impudence, l'Obſcénité, & tout ce
qu'il y a de plus ſcandaleux : il fait en
même-tems le parallele du Théâtre
d'Angleterre avec les Théâtres d'A-
thènes, de Rome & de France.

Nous avons auſſi depuis peu une
hiſtoire de la Muſique par Bon-
net, que je crois être un Muſicien
de profeſſion. J'ai parcouru rapide-

ment fon livre ; mais j'en ai été dégoûté par la pefanteur du ftile, &
par la prolixité. On a eu raifon de
dire que ce feroit un bonheur pour
les Arts s'il n'étoit permis d'en juger qu'aux gens du métier ; mais je
ne voudrois pas que les gens du métier fe mêlaffent d'écrire, à moins
qu'ils n'euffent acquis les talens néceffaires. Je fuis votre &c.

Ce 28 Novembre.

ROUSSEAU A BROSSETTE.

Vienne 29 Janvier 1716.

LA lettre que vous m'avez fait
l'honneur de m'écrire, M. du
25 Novembre, vient de m'être
rendue, accompagnée d'un billet
de M. Sudre, du 20 Décembre,
& je ne fçais par quelle fatalité elle
a été près de quarante jours à venir
de Genève ici, après avoir été près
d'un mois à partir de Genève. Ce

retardement

retardement m'a mis pendant long-
tems dans une véritable peine pour
votre ſanté ; car il ne m'eſt point
venu dans l'eſprit qu'un ami auſſi
généreux que vous, eût pû m'oublier
tout-à-fait après m'avoir mis dans
une habitude qui eſt devenue pour
moi une eſpéce de néceſſité, de recevoir de tems en tems de ſes nouvelles. Celles que vous m'avez écrites juſqu'ici, quelque curieuſes qu'elles m'ayent paru, m'ont moins in-
téreſſé par leur choix que par la main
dont elles me ſont venues. Ainſi, M.
ſans nous arrêter aux guerres du Par-
naſſe, ni même à celles de la Religion, qui ſont bien d'une autre conſéquence, ne craignez point de m'é-
crire, quand vous n'auriez à me parler que de vous. Ce n'eſt point pour
les nouvelles que je vous aime, c'eſt
pour vous ſeul que j'aime les nouvelles.

Je m'étois bien attendu à la révo-
lution que la mort du Roy appor-

Tome II.   C

teroit dans l'affaire de la Conſtitution , auſſi-bien que dans beaucoup
d'autres. De ſçavoir ce que l'Etat
& la Religion y pourront gagner ,
c'eſt ce que le tems ſeul peut nous
apprendre ; mais à vous dire naïvement ma penſée , quelque juſtes que
ſoient les éloges qui ſe donnent au
Gouvernement préſent , je ne ſuis
point encore accoutumé à regarder
la perte que nous avons faite de
Louis * X I V. comme un bien : &
il me ſemble qu'on ſe hâte un peu
trop de décrier la mémoire d'un
Prince dont les vertus miſes dans la
balance , l'emportent de beaucoup
ſur les défauts qu'on a pu lui reprocher.

A l'égard de la guerre Homéri-
que , je ne l'ai jamais regardée com-

* Etonné des diſcours qui ſe tenoient
alors , il fit connoître combien il en é-
toit indigné dans l'Ode intitulée *la Pa-
linodie*, comme on le verra dans une de
ſes lettres , écrite en 1718.

me un mal férieux , & je fuis perfuadé qu'Homére n'en fera ni plus
ni moins admiré de ceux qui le fçau-
ront lire , pour n'avoir pas eu le
bonheur de plaire à ceux qui ne
l'ont jamais lû. Mais avec la permiffion du Pere Buffier , je trouve le
tempéramment dont vous me mandez qu'il s'eft fervi pour pacifier les
parties , encore plus impertinent ,
s'il m'eft permis de le dire , que toutes les mauvaifes raifons des ennemis
de l'Antiquité. Quoi! le goût de-
viendra une chofe arbitraire & fu-
jette au caprice des nations , des
perfonnes , ou de la coutume ? Si
cela arrive jamais , les *Contes Ara-
bes & le Diable boiteux* pourront aller de pair avec Virgile. Car certainement ces ouvrages ont eu pour
eux le tems , les nations , la coutume , & les perfonnes. Mais où a-t-il
pris qu'il y a des chofes dans Homere dont nous ne fommes point
à portée de juger , à caufe de l'éloi-
C ij

gnément des ſiecles? Il faudroit qu'il
prît la peine d'en citer quelques-
unes : car dès que nous ſommes informés des mœurs du ſiécle qu'Homere a décrit, comme nous le ſommes par une infinité de livres, à
commencer par l'Ecriture - ſainte ;
nous ſommes à portée de juger ſi
Homere a bien ou mal repréſenté
ces mœurs. Je ſuis fâché de voir
les Anciens ſi mal défendus ; & ſi
on n'avoit autre choſe à dire en leur
faveur, ce ne ſeroit pas la peine de
les attaquer. J'attends avec grande
impatience l'Odyſſée de Madame
Dacier, dans l'eſpérance de voir
quelque choſe de raiſonnable ſur
cette matiere, & je prie aujourd'hui
M. Sudre de la joindre au livre de
M. Boivin, dont je vous fais, M.
mes très-humbles remercimens : mais
ce ſera à condition de m'en faire
ſçavoir le prix, afin que je le rem-
bourſe : ſans quoi nous n'aurions
plus de commerce enſemble à cet
égard.

Je ne ferai pas fi fcrupuleux quant
au préfent que vous m'offrez de
votre Commentaire hiftorique. Je
le recevrai, M. comme un don que
votre main me rendra doublement
précieux, & comme la marque la
plus chere que vous puiffiez me donner d'une amitié dont je m'efforce-
rai toute ma vie de mériter la continuation. Comme il y a très-longtems
que votre lettre eft en chemin, j'a-
drefferai encore celle-ci à Monfieur Sudre, dans l'incertitude où
je fuis fi elle vous trouvera à Lyon
ou à Paris.

Je vous rends mille très-humbles
graces des offres de fervices que
vous m'y faites avec tant de bonté. Je ne puis mieux faire que de la
laiffer agir dans fon étendue & fans
lui prefcrire d'autres bornes que votre amitié, & votre difcrétion. J'ai
eu, & j'ai encore deux fortes d'ennemis : les uns font des hommes abo-
minables, avec lefquels je ne veux

C iij

aucun retour ; les autres font des
gens dans l'erreur, à qui je prie Dieu
de défiller leurs yeux. Mais pour en
prendre le foin moi-même, c'eft ce
que je ne ferai plus, après l'avoir
tenté inutilement. Mon devoir eft de
ne rien faire contre l'honneur & la
confcience ; & j'ofe dire que j'ai rempli jufqu'ici cette obligation. Mais je
ne fuis point obligé d'éclairer ceux
qui fe plaifent dans leur aveuglement :
& fi on ne m'a pas rendu juftice en
France, l'Europe eft grande, & je fuis
bien sûr qu'on me la rend ailleurs.

Je viens à un article de votre lettre qui embarraffe autant ma modeftie qu'il reléve ma gloire. C'eft celui où vous me demandez mon Portrait de la part d'un de vos amis.
Cette feule qualité fuffiroit pour lui
faire obtenir ce qu'il fouhaite, quelque répugnance que j'aye à me faire peindre. Mais quand je fonge à
la place qu'il me deftine, avec des
hommes dont je ne fuis qu'un foi-

ble écolier, j'avoue que je fuis honteux pour mon portrait, de la figure
qu'il feroit en fi bonne compagnie.
Au nom de Dieu, faites-y faire réflexion à votre ami, pour fon honneur & pour le mien ; & fi après y
avoir bien penfé, il perfifte dans fon
envie, je m'en laverai les mains &
je le fatisferai au péril de ce qui en
pourra arriver, dès que vous m'aurez marqué la mefure de la toile.

Je n'ai point vû la critique du
Théatre Anglois, dont vous me
parlez. Mais fur le plan que vous
m'en faites, ce pourroit fort bien être
un bon Livre. Il eft vrai qu'il n'y a
ni rime ni raifon dans toutes leurs
pieces de la maniere dont elles font
bâties : mais j'en ai vû plufieurs qui
ne laifferoient pas que de fervir de
cannevas à d'excellentes Comédies,
fi elles étoient bien traitées. Quant
à l'Epigramme que vous m'avez envoyée, elle n'eft pas mal écrite,
mais je plains fort celui qui l'a fai-

te , de n'avoir pas fenti ce qu'il y
a de choquant dans l'abus qu'il y
fait de ce que notre Religion a de
plus faint. Il y a des chofes dont les
libertins mêmes un peu raifonnables
ne fçauroient rire, & la liberté de
l'Epigramme doit avoir des bornes.
Marot & Saint-Galais ne les ont point
paffées. Ils fe font renfermés dans
un genre de bons mots & de
Contes, qui paffent dans les bonnes
compagnies : mais s'ils ont badiné
aux dépens des Religieux, ils n'ont
point ri aux dépens de la Religion ;
& on les mépriferoit autant qu'on
les eftime, s'ils avoient mêlé Dieu
& la Grace dans leurs caquets. Si
l'Auteur de cette Epigramme eft jeune, comme je le crois, il y a lieu
de croire qu'il fe corrigera , quand il
aura mieux lû fes modéles.

Ayez la bonté de me mander où
je dois vous écrire ; & votre adreffe ,
fi c'eft à Paris. Sur-tout faites moi la
grace de me donner plus fouvent de

vos nouvelles : je vous en conjure au nom de la sincere estime, & du fidéle attachement avec lequel je suis, &c.

BROSSETTE A ROUSSEAU.

Lyon ce 1 *Mars* 1716.

REcevez, Monsieur, la suite de ma Gazette littéraire. Le journal de Trévoux avoit été interrompu depuis le mois de Septembre dernier : on avoit jugé que les Auteurs du Journal, *qui d'Appollon se croyoient les Apôtres,* affectoient trop de parler des affaires du Janfénisme : & comme sous ce nouveau regne on veut tâcher de contenir tous ces gens-là en paix, on avoit interdit le Journal. Cependant il commence à reparoître depuis quelque tems. On a donné le mois d'Octobre qui manquoit, & l'on continuera à l'avenir. On apprend que l'Auteur du *Mathanasius* en va donner une nouvelle édi-

C v

tion, purgée des fourrures que des plumes étrangeres y avoient inférées. Je fuppofe que vous fçavez ce que c'eft que le *Mathanafius, ou le chef-d'œuvre de l'inconnu*, qui parut en 1714. L'idée de ce livre a plû à tout le monde ; mais tout le monde a trouvé que l'exécution en avoit été négligée. Si cet ouvrage, M. ne vous eft pas connu ; je vous en dirai davantage quand il vous plaira. On l'attribue à M. de Gueudeville, auteur *de l'Efprit des Cours*, d'une *critique de Telémaque*, & de quelques autres Ecrits *

Le Pere du Cerceau a fait une Comédie pour les Penfionnaires du Collége de Louis le Grand, qui l'ont repréfentée. Elle a été auffi répréfentée à Lyon par les Penfionnaires.

---

* On a fçû depuis que M. Themifevil de Saint-Hiacinte en eft l'auteur ; & que le paralléle d'Homere & de Chapelain eft de M. Vanef, Hollandois, qui travailloit alors au Journal littéraire.

C'eſt *Eſope au Collége*. On feint que Xanthus, Magiſtrat de Samos, eſt chargé de la direction d'une Académie publique, où la jeuneſſe de la Gréce eſt inſtruite dans toutes les ſciences, & dans tous les exercices convenables. Eſope, eſclave de Xanthus, n'approuve point la méthode qu'on y obſerve, & ſon Maître convaincu d'ailleurs de la ſageſſe d'Eſope, le charge lui-même de cette direction. Cet Eſclave s'en acquitte avec beaucoup d'intelligence. D'abord pour connoître le naturel & l'inclination de ſes éléves, il met en pratique la ruſe dont Uliſſe ſe ſervit pour découvrir Achille. Il fait venir un vendeur de bijoux, & permet à chacun d'eux d'en choſir un ſelon ſon goût. Enſuite, de ſcène en ſcène il les inſtruit par des Fables, & par des leçons proportionnées à leur âge & à leurs mœurs. Pour dénoûment, un Seigneur de la Cour de Créſus, qui voyage par

Cvj

la Grece , & qui étoit venu voir
Xanthus fon ami, eft charmé de la
prudence d'Efope , & le demande
à fon Maître pour le donner à Cré-
fus. La Piéce eft bonne , pleine de
jeu , & dégagée des baffeffes dont il
étoit difficile que l'Auteur fe tirât en
faifant la peinture de la vie fcolafti-
que.

La nouvelle édition des Conciles
par le P. Hardouin a été arrêtée à
caufe de quelques maximes qu'on a
trouvées contraires à nos droits , &
à nos ufages. M. Dupin à qui l'on a
renvoyé l'examen du livre, en a extrait diverfes propofitions.

Le Pere de la Motte , Jéfuite de
Rouen, avoit préché un Sermon fur
la Foi le 20 d'Octobre 1715. dans
l'Eglife Cathédrale de Rouen. Quelques perfonnes prétendoient que ce
Jéfuite avoit invectivé contre le nouveau Gouvernement d'une maniére
outrée. Le Procureur Général de ce
Parlement en donna fa plainte. On

fit une information qui fut fuivie de l'interrogatoire du Pere de la Motte. Mais il s'eft pleinement juftifié en faifant imprimer fon fermon, dans lequel on n'a pas trouvé les dif-cours ni les propofitions dont on l'accufoit. Cette affaire eft entiére-ment affoupie.

On ne peut rien dire de plus grand ni de plus jufte, que ce que vous me mandez au fujet du feu Roy Louis X I V. Je puis bien affûrer qu'il n'a pas été mieux loué dans les Oraïfons funébres qu'on a pro-noncées en France, après la mort de ce grand Roy. Je ne vous par-lerai que de celles qui ont paru à l'Académie Françoife. Ce fut le jeu-dy 19. Décembre que cette Com-pagnie fit faire un fervice pour fon protecteur, dans la Chapelle du Lou-vre. M. l'Abbé Mongin fut chargé de l'Oraifon funébre, qui fut génerale-ment applaudie. Ces paroles de l'Ec-cléfiaftique, ch. 48. *in vita fua,* &

in morte mirabilia operatus eft, lui
fournirent fon texte & fa divifion. La
feconde partie, où l'Orateur repré-
fentoit le Roi mourant, fut fort tou-
chante, & fit verfer des larmes à
une partie de l'Auditoire. Le même jour la Compagnie s'étant affemblée publiquement, elle employà
toute la féance à célébrer les louanges de fon Augufte Protecteur. M.
de la Motte y prononça *un Eloge fu-*
nébre, dont voici la divifion: *Louis*
le Grand dans la profpérité & l'yvreffe
des fuccès, n'altéra jamais fa fageffe.
Louis eft grand dans fes difgraces, &
l'humiliation des revers ne fert qu'à dé-
couvrir toute fa fermeté. Le Roi d'Efpagne a fait dire à M. de la Motte
que Sa Majefté fouhaitoit avoir ce
difcours en Efpagnol, & qu'il le
chargeoit d'avoir la vue fur la traduction qu'on en feroit par fon ordre. Après ce difcours M. de la Motte
récita une Ode intitulée la mort de
Louis le Grand. Cette Ode eft de

2 1 ſtances, chacune de 1 0 vers. Dans une ſtance il parle ainſi au jeune Roi :

Cher Prince, pour qui notre zéle
Chaque jour va ſe redoubler,
On vous peindra ce grand modele
A qui vous devez reſſembler.
C'eſt le flambeau qui vous doit luire,
La vertu n'a pour vous inſtruire,
Que ſa vie à vous raconter.
Paſſez vos premieres années
A méditer ſes deſtinées,
Et les autres a l'imiter.

Toutes les autres ſtrophes n'ont pas la netteté de celle-là, quoiqu'elle ne ſoit pas parfaite : car ſe *redoubler*, me fait quelque peine dans le deuxiéme vers, & je ne crois pas qu'on puiſſe dire au ſeptiéme vers, *que ſa vie à vous ra-raconter* pour qu'*à vous raconter ſa vie.* M. de la Motte m'a envoyé un exem-plaire du diſcours & de l'Ode.

A la fin de la ſéance, M. Dan-chet prononça un Poëme de ſix vingts vers: *Invitation aux Muſes pour*

célébrer le nouveau régne. L'Auteur
nous y a apprend entre autre chofes
que M. le Duc d'Orléans s'eft exercé
à la Peinture, & qu'il a mis en Mufique la Tragédie de Panthée, dontM.
le Marquis de la Fare avoit compofé
les paroles.

Puifque nous en fommes fur l'A-
cadémie Françoife, il faut vous dire
que le Roi d'Efpagne a établi une
Académie Efpagnole, pour la perfection de la langue Caftillane. Elle
eft compofé de 24 perfonnes, & le
Roi Catholique eft le protecteur de
cette nouvelle Académie, dont les
occupations font à peu près fembla-
bles à celles de l'Académie Françoife.
Il y a des Réglemens & des Lettres
Patentes.

Nous avons auffi à Lyon une Académie littéraire, compofée de 24 perfonnes, fous la protection de M. le
Maréchal de Villeroi, Gouverneur,
& de M. l'Archevêque de Lyon, fon
fils. Nos féances fe tiennent tous les

lundis, & j'ai honneur d'en être le
Sécrétaire perpétuel.

Les ſieurs le Sage & Fuſelier, que
vous pouvez connoître, ont loué leur
eſprit, & toutes les productions qui
en pourront ſortir, pendant deux ans,
à une troupe de la Foire, moyennant
4000 livres, chacun, le tout par
contrat pardevant Notaire, en bonne & due'forme. C'eſt bien pis que *de
mettre ſon Apollon aux gages d'un
Libraire.*

Vous avez deviné quand vous avez
dit que l'Auteur de l'Epigramme que
je vous avois envoyée, étoit un jeune
homme.

L'ami pour qui je vous ai demandé
votre portrait, vous releve de vos mo-
deſtes ſcrupules, *& jubet Archetypos
pluteum ſervare Cleanthas.* Il faut donc
vous réſoudre de bonne grace à le ſatisfaire.

ROUSSEAU A BROSSETTE.

A Vienne, 25 Mars 1716.

J'ATTENDS toujours vos Lettres, M. comme les Espagnols attendent leurs Gallions, & il me semble aussi que notre commerce ressemble assez à celui que leurs Marchands font aux Indes, d'où ils retirent de l'or pour de méchantes petites merceries qu'ils y envoyent. Je vivrois ici dans l'indigence, si vous n'aviez la bonté d'y suppléer par les richesses dont vous me faites part, & je ne puis vous rendre en échange qu'une petite partie de ce que je tiens de vous, c'est-à-dire, de foibles réflexions sur les choses que vous m'apprenez. Car ce Pays-ci est aussi stérile en nouvelles littéraires, qu'il pouvoit l'être du tems de Tacite, & je ne sçai si c'est un mal ou un bien, à en juger par la quantité de mauvais ouvrages que produit la fertilité des autres Pays, & par le nombre que nous voyons d'esprits gâtés par des études inutiles, ou mal conduites. Quoi qu'il en soit, dans l'impuissance où je suis de vous rendre nouvelles pour nouvelles, je répondrai le plus exactement qu'il me sera possible à celles dont vous avez daigné me faire part dans votre derniere lettre du 4 de ce mois.

Je commence par le Journal de Trévoux, auquel on a trouvé bon d'appliquer contre mon intention l'Epigramme dont vous me citez le second vers, quoique je ne l'eusse faite que pour venger un de mes amis * de l'insulte qu'il avoit reçue dans le Journal de Paris, auquel on ne peut sans une grande injustice refuser le premier rang entre les ** Gazettes insipides. J'avoue que celui

* La Fosse.
** Ce Journal étoit alors bien diffé-rent de ce qu'il est aujourd'hui,

de Trévoux auroit pû afpirer au fecond pendant un tems, fi M. Ber-
nard ne fut pas heureufement venu
à la traverfe avec fes nouvelles de
la République des Lettres. Mais au
moins celui-ci étoit-il plus honnête que les deux autres : il fe conten-
toit de dépouiller les Auteurs fans
les tuer, au lieu que ces Meffieurs,
fur-tout ceux de Paris, les plus im-
pertinens de tous, non contens de
détrouffer les paffans, tiroient fouvent deffus fans miféricorde, & faifoient un coupe-gorge, des bois &
des grands chemins du Parnaffe. Je
fouhaite que Meffieurs de Trévoux
foient plus fages à l'avenir, & que
le coup de fangle que notre défunt
ami leur a donné dans fon Equivoque, leur apprenne à faire déformais
leur métier avec plus de circonfpection.

Quant au Mathanafius, c'eft un
livre qui peut aller de pair avec le
Diable boiteux, & tous les autres

livres platement fous, qui enrichiſſent
de tems en tems les Libraires, à la
très-grande honte du Public. Je me
ſouviens à l'égard de ce dernier, que
M. Deſpréaux l'ayant un jour attra-
pé entre les mains de ſon petit laquais Atis, le menaça en ma pré-
ſence de le ehaſſer, ſi ce livre cou-
choit dans ſa maiſon. L'Auteur ne
pouvoit mieux faire que de s'aſſocier
avec les Danſeurs de corde : ſon génie eſt dans ſa véritable ſphere. Gil-
les & Fagotin auront là un bon maître. Apollon avoit un fort mauvais
Ecolier.

Vous me donnez une merveilleuſe
envie de voir la Comédie du Pere
du Cerceau. On ne peut rien de
plus juſte que l'idée d'un Eſope au
Collége. Car c'eſt proprement à des
enfans qu'il convient de raconter des
Fables, & non à des gens avancés
en âge, comme nous l'avons vû
dans les trois ou quatre Eſopes qui
ont paru il y a vingt ans. Si l'exé-

cution de la Piéce répond au plan que vous m'en faites, elle doit être non-feulement fort divertiffante, mais encore d'une très-grande inftruction. Suppofez qu'elle foit imprimée, vous me ferez, M. un fort grand plaifir de me l'envoyer avec l'Odyffée de Madame Dacier. Je ne me fens point la même curiofité pour l'Epictete, que j'ai toujours trouvé un trifte, & par conféquent inutile Philofophe, & qui probablement n'aura pas été fort égayé par M. Dacier. Je ne parle que du Manuel ; car les difcours recueillis par Arrian font moins fecs, & par conféquent meilleurs.

J'ai fçû il y a long-tems le tintamare excité par le Sermon du P. de la Motte, & je me fuis bien douté que tout ce bruit là n'aboutiroit à rien. Il n'y a pas une nation au monde plus précipitée que la nôtre. On a crû que les Jéfuites ceffant d'être à la mode, il n'y avoit qu'à

leur jetter le chat aux jambes en toute occafion. Vous verrez , M. ce
qui arrivera : les particuliers meu-
rent ; mais les Compagnies reftent ;
& celle-là eft trop habile pour ne pas
fe relever peut-être bien-tôt de fa dif-
grace. Ses ennemis y contribueront
autant qu'eux : car il eft bien difficile de ne pas abufer d'une grande
autorité , & la modération n'eft pas
le partage des Prêtres. Je conviens
pourtant qu'on a eu grande raifon
d'artêter l'édition des Conciles du
P. Hardouin , fi tout ce qu'on en dit
eft vrai , comme je n'en doute pas.
Car je me fouviens toujours de ce
que j'ai lû autrefois dans un vieux petit livre , appellé l'Anticoton que
la Société des Jéfuites eft une *épée ,*
dont la lame eft en France , & la poi-
gnée à Rome.'

   J'ai vû plufieurs Oraifons funébres
de Louis XIV. mais je vous avoue in-
génuement , que la plus mauvaife de
toutes eft celle que la Motte a pro-

noncée à l'Académie, fous le titre
d'Eloge de Louis le Grand. Il y
donne à fon Héros les louanges qu'on
donneroit à un Capucin. Il le loue
de la bonne grace avec laquelle il
recevoit les affronts : en un mot il
en fait un faint François de Paule,
& ne donne à ce Prince, l'Augufte
de nos jours, aucune des vertus que
toute l'Europe a admirées en lui. M.
de Zinzindorf m'envoya cette Piece
il y a environ deux mois, & je la lui
rendis le lendemain apoftillée de ma
main, n'ayant pû me défendre de
venger la mémoire d'un fi grand Roi,
de tout le mauvais fens que j'avois
remarqué dans fon Panégyrifte. Cet
Ecrivain eft an homme admirable
pour faire paffer des fottifes à la faveur d'un ftile fpécieux : & je vois
bien que la nouvelle Académie de
Madrid, dont le Marquis de Berrety
m'a fait voir il y a un an le plan &
les réglemens, n'a pas encore fait
de grandes découvertes dans le pays
de

de l'Eloquence , puifque ce Difcours y a eu le fuccès dont vous me
parlez.

Pour l'Ode du même Auteur , je
ne l'ai point vue. La ſtrophe que
vous me citez n'eſt point mal ; mais
ce ſont des vers *magis extra vitia
quàm cum virtutibus.* S'il n'y a pas
plus de chaleur dans les 20 autres
ſtrophes, Pindare ne court pas grand
riſque , & Malherbe peut garder ſa
place.

Soupirerons-nous encore long-
tems après l'édition de votre Commentaire ? Je ne puis vous exprimer
l'impatience où je ſuis de la voir. Il
me ſemble que les Libraires auroient
dû ſe hâter de mettre en vente l'in-
quarto avant que l'in-douze fût achevé. Je n'entends point le commerce;
mais je ſuis bien ſûr que de pareils
livres ſont plus propres à faire cir-
culer l'argent que des Edits inutiles.
Conſolez-moi , M. en me donnant
une plus prochaine eſpérance dans

la premiere lettre que vous me ferez l'honneur de m'écrire.

Je finis comme vous par l'article du Portrait : vous ferez obéi puifque vous le voulez , & je ferai peint pour la premiere fois de ma vie. Je mets le péché fur votre confcience. J'ai déja parlé à un Peintre , qui paffe pour le plus habile de Vienne , où les Arts ne brillent pas infiniment. Mais celui-ci eft François , fils de Flamand , & a même été reçû avec aplaudiffement à l'Académie de Paris. Il doit venir au premier jour me donner la premiere façon , & quand il fera fini j'en chargerai M. Vigier , qui doit partir au mois de Mai pour Soleure , & qui vous l'envoyera de-là à Lyon avec une lettre de moi. A l'égard de la lettre de change , j'en ferai l'ufage que vous en feriez vous-même.

Je ne vous parle point de notre guerre de Hongrie. J'en dis un mot à M. Sudre , & il eft tems de finir

une lettre déja trop longue , & qui
ne peut avoir d'autre merite que celui de vous être écrite par l'homme
du monde , qui est avec le plus d'attachement & de véritable estime ,
M. votre très-humble & très-obéissant serviteur ,

ROUSSEAU.

J'oubliois de vous faire mon compliment sur votre Académie de Lyon.
Si celle de Paris faisoit toujours
choix d'aussi bons sujets que vous,
Homere & le bon sens s'en trouve-
roient mieux. Mais il y a des hommes
que les places honorent , & d'autres
qui honorent les places.

BROSSETTE A ROUSSEAU.

A Lyon 18 *d'Avril* 1716.

DEPUIS ma derniere lettre, M. j'ai été frappé d'une fi cruelle affliction, que je n'ai pas eu la force de prendre la plume pour vous écrire. La mort m'a enlevé une épouse qui m'étoit chere, & qui par une infinité de titre méritoit toute ma tendreffe. Elle eft morte dans fa trentiéme année, & il n'y en avoit pas encore dix que nous étions en-femble.

Elle n'eft plus, ô ciel ! fes vertus, fon courage,
Sa beauté, fon efprit, fa piété, fa foi,
N'ont pû la garantir, au milieu de fon âge,
   De la commune loi.

A cet éloge que j'emprunte de vous, j'ajoute quelque chofe de plus fingulier, c'eft que nous avions vêcu dans une parfaite union : ainfi M.

jugez de l'état douloureux où je fuis plongé par une perte que je ne puis jamais réparer.

M. l'Abbé Gedouin, Chanoine de la Sainte Chapelle, doit donner inceffamment une traduction de Quintilien, qui fera précédée d'un difcours en forme de préface, fur les caufes de la corruption de l'éloquence. L'Auteur s'y déclare hautement en faveur d'Homere & de la bonne caufe : il a lû fon difcours dans une Affemblée de l'Académie *des Belles Lettres* ; c'eft ainfi qu'on nomme aujourd'hui l'Académie *des Infcriptions & des Médailles.*

Un autre champion eft entré en lice dans la difpute fur Homere ; c'eft M. Fourmont, Profeffeur Royal en langue Arabe, qui a publié un gros *in.* 12. intitulé *Examen pacifique,* &c. dans lequel en examinant à l'amiable les raifons pour & contre, il fait voir les énormes bévues de M. de la Motte. Le livre n'eft pas bien

écrit ; mais il y a quantité de bonnes
choses qui mériteroient une meilleure forme. L'Odissée de Madame
Dacier paroîtra incessamment avec
un discours préliminaire , qui doit
contenir sa réplique à M. de la Motte.
Cette réplique sera sans doute plus
modérée que le premier ouvrage que
cette Dame avoit publié contre lui.
Car vous sçaurez que ces deux ad-
versaires se sont réconciliés depuis
peu , & la réconciliation a été solem-
nisée par une grande fête , c'est-à-
dire , par un grand soupé que M.
de Valincour donna Dimanche, trois
de ce mois à M. & à Mme Dacier ,
à M. de la Motte , & à plusieurs autres personnes. Riez-en à 300 lieues
comme j'en ris ici.

Puisque vous n'avez pas vu l'Ode
de M. de la Motte sur la mort de
Louis le Grand , je m'en vais vous
en transcrire ici une strophe , dans
laquelle il a emprunté une de vos
pensées. Il parle des approches de la
mort.

C'eſt là ſouvent que des grands hommes
La fierté trouve trouve ſon écueil.
Là ſe ſentant ce que nous ſommes
Leur terreur dément leur orgueil.
L'univers qui les enviſage
Rétracle bien-tôt ſon hommage,
Par de fauſſes vertus ſurpris.
Du Héros l'homme déſabuſe,
Et l'admiration confuſe
S'enfuit, & fait place au mépris.

Voici maintenant la même penſée
dans votre Ode à la Fortune.

Montrez-nous, Guerriers magnanimes,
Votre vertu dans tout ſon jour.
Voyons comment vos cœurs ſublimes
Du ſort ſoutiendront le retour.
Tant que ſa faveur nous ſeconde,
Vous êtes les maîtres du monde,
Votre gloire nous éblouit.
Mais au moindre revers funeſte,
Le maſque tombe, l'homme reſte ;
Et le Héros s'évanouït.

Je ne prétends point vous louer
ſur la préférence, elle eſt trop ſen-

D iv

fible. Voudrois-je comparer l'obſcu-
rité & la foibleſſe de la copie , avec
la netteté & la force de l'original ?

L'Eſope au Collége par le P. du
Cerceau, n'a point été imprimé. Il
a été fait pour exercer les Penſion-
naires des Jéſuites, & ſelon toute
apparence il ne ſortira point encore
du Collége. Après la repréſentation
qu'on en fit à Lyon le carnaval dernier, un Jéſuite de mes amis me
prêta la piéce manuſcrite pour la
lire, & ce fut dans ce tems-là que
je vous en parlai dans ma lettre.

Vous avez jugé ſainement de l'E-
pictete de M. Dacier. Quelle peſan-
teur de ſtile ! quelle ſéchereſſe ! Cela
regarde également & l'original , &
le Traducteur.

En vain d'un ton de Rhéteur

Epictete à ſon Lecteur

Prêche le bonheur ſuprême :

J'y trouve un conſolateur

Plus affligé que moi-même.

. Tout ce que vous avez dit là-deffus, eft excellent, & je l'ai retenu
avec plaifir.

. J'aime bien à voir M. Defpréaux
menacer le petit Atis de le chaffer,
s'il lui ratrappoit le Diable boiteux.
Deux jours avant de mourir il fit
quelque chofe de pareil à M. le Verrier. Ce dernier lui apporta la Tragédie de R*** & lui en lut quelque
chofe pour le divertir : dès les premiers vers la bile de M. Defpréaux
mourant fe ranima, & il dit à M. le
Verrier que cela étoit au-deffous des
Côras, des Cotins, & des Pradons.
Emportez vîte ce livre, lui cria-t-il,
de peur que fi on le trouvoit chez moi
après ma mort, on ne crût que j'en ai
fouffert la lecture.

M. l'Abbé Boifleau, que nous
appellons le petit Docteur, eft toujours vivant, & fe porte affez bien
pour un homme qui eft entré dans
fes 82 ans. J'ai ceffé de lui écrire,
parce qu'il ne peut gueres plus s'ap-

D v

pliquer. Que nous ferions heureux
fi M. Defpréaux fon frere avoit
pouffé fa carriere auffi loin que lui !
Je ne vous dis rien de mon commentaire fur fes ouvrages. Tout ce
que j'en fçais, c'eft que l'impreffion
en eft achevée ; mais que je ne puis,
vous dire quand nos Libraires de
Genéve le mettront en vente.

, Nous attendons votre portrait
avec impatience : je ne crains point
que ma confcience foit chargée d'aucun péché pour le facrifice que j'ai
exigé de vous en cette occafion.

Vous vous plaignez de ce que le
pays où vous êtes eft flétile en nouvelles littéraires, je le crois : cependant vous pouvez trouver une ref-
fource dans la Bibliotheque du
Prince Eugene. Donnez-moi des
nouvelles de cette fameufe Bibliotheque. Dites-moi jufqu'où s'étend
la littérature du Prince ; quelle eft
la portée de fon efprit par rapport
aux fciences. M. le Comte de Zin-

zindorf eft-il auffi homme de lettres?
Et vous, M. quels font vos amufemens, ou plutôt quelles font vos occupations? Car un homme comme
vous ne s'amufe qu'utilement, &
vous devez compte au public de vos
amufemens mêmes. Voilà pour moi
une fource de nouvelles intéreffantes, dont vous ne pouvez me priver
fans une efpéce d'injuftice. Adieu,
M. je finis de la maniere du monde
la plus familiere, en vous demandant
pardon néanmoins de toutes les in-
terruptions que j'ai été obligé de
faire dans cette lettre, qui eft commencée depuis dix ou douze jours,
fans que j'aye pû la faire tout de fuite. Excufez toutes mes irrégularités
en faveur de la parfaite eftime avec
laquelle j'ai l'honneur d'être, &c.

ROUSSEAU A BROSSETTE.

A Vienne le 18 *Avril.* 1716.

IL a fallu vous obéir , M. & vous recevrez mon portrait presque aussi-tôt que ma lettre. M. Vigier, Capitaine aux Gardes - Suisses, qui part demain en poste pour s'en retourner à Soleure , a bien voulu se charger de l'un & de l'autre , & m'a promis de vous les faire tenir , dès qu'il sera arrivé. On m'a assuré que je ressemblois fort , & je me suis servi du plus habile peintre de ce pays-ci , dont j'ai vû effectivement de fort bons tableaux ; il s'appelle M. Vanschuppen , & a appris son métier à Paris , où il est fort connu. Comme il n'a point voulu que je lui donnasse de l'argent , je vous renvoye la lettre de change que vous m'aviez envoyée , & il n'en coutera à votre ami , qu'un exemplaire de votre Commentaire hiſtorique ſur les Oeuvres de M. Boiſleau , s'il veut bien me l'envoyer pour lui.

M. l'Ambaſſadeur fait demain ſon entrée publique ici ; & comme les premiers ſix mois du deuil ſont paſſés , la Cour a décidé qu'elle ſe feroit en couleur , & qu'il ne reprendroit le noir que pour l'Audience. Il y aura quatre caroſſes ſuperbes le premier jour , & le ſecond quatre autres de deuil : ſa livrée & ſa ſuite changeront auſſi de couleur , enſorte que ce ſont proprement deux entrées qu'il fait au lieu d'une. Il aura deux Ecuyers , dix Pages , huit Palefferniers , & deux Súiſſes à cheval , qui ſeront ſuivis de trente Valets de pieds ; tout cela fort magnifiquement vêtu.

Tout le monde eſt ici dans la joie de la naiſſance d'un Archiduc , que l'Impératrice a mis au monde le lendemain de Pâques , & qui ſe porte fort bien de même que la mere. Il y

a eu trois jours de fuite des illumi-
nations dans toute la Ville, & des re-
préfentations de peinture en beaucoup d'endroits ; car pour les feux
d'artifices ils ne font pas en ufage à
Vienne.

Le Traité d'alliance avec l'Empereur & la République de Venife eft
enfin figné , & la guerre réfolue
contre les Turcs. On a écrit à M.
Fleifchman à Conftantinople de fe
tirer d'affaire comme il pourroit :
il fera bien habile s'il y réuffit. On
croit que l'Empereur pourra aller à
Bude, auquel cas je ferai certainement le voyage avec M. l'Ambaffa-
deur, & avec d'autant plus de plaifir , que la plûpart des Officiers Gé-
néraux de l'armée font de mes amis.
Jamais il n'y en eut une fi belle en
Hongrie : elle fera de quatre-vingt-
neuf mille hommes effectifs , outre
celle de Tranfilvanie qui eft de onze
à douze mille hommes. Si l'effet répond aux apparences , je pourrai

avoir matiere à vous entretenir pendant le cours de la campagne ; car la
guerre se fera vivement, si elle se déclare une fois.

Toutes nos nouvelles de Paris ne
parlent que de celle qui se fait aux
gens d'affaires ; il paroît qu'on n'a
pas envie de les marchander. Voilà
bien des cuisiniers & des filles de
joye sur le pavé. J'attends de vos nouvelles avec impatience, & je vous
conjure de me croire plus fidellement
& plus tendrement que personne du
monde, M. votre, &c.

BROSSETTE À ROUSSEAU.

Lyon 18 *Juin* 1716.

J'AI enfin reçu votre portrait, M.
il m'a été envoyé par M. Vigier,
à qui vous l'aviez remis, & il m'a
été envoyé en bon état. Depuis ce
tems-là une infinité de gens de mérite se sont fait un plaisir de le voir,

& quoique l'ouvrage ſoit fort beau ,
vous jugez-bien , M. que la curioſité
eſt moins pour la peinture que pour
le nom & la perſonne de celui qu'elle
repréſente. M. l'Abbé de Villeroi notre Archevêque a voulu en avoir
la premiere vûe. Quelques-uns de
mes amis ont même déja pris des
meſures pour en avoir des copies : en
un mot vous devez être content de
la diſtinction où vous êtes parmi nous.

Mais, M. comment ferai-je pour
m'acquitter envers vous ? Je ne
croyois devoir des complimens qu'à
votre complaiſance, & j'en dois auſſi
à votre généroſité. Vous m'avez
renvoyé une lettre de change ſans
vous en être ſervi : le Peintre par
conſidération n'a point voulu d'argent : que voulez-vous que je diſe
à tout cela, ſi ce n'eſt que je ſuis
également confus & reconnoiſſant
de tant de grandeur & de tant de po-
liteſſe ? C'eſt bien le moins que j'aye
ſoin de faire envoyer à M. Vanſchup-

pen un exemplaire de mon Commentaire hiftorique fur les Oeuvres de M. Defpréaux. M. Vigier m'en a auffi demandé un exemplaire. Je le lui ai promis par la lettre que j'ai eu l'honneut de lui écrire en réponfe, & je lui tiendrai parole. Je crois même que je ferai bientôt en état de m'en acquitter; car l'impreffion de l'ouvrage eft entiérement achevée, & M. Fabri, Libraire de Généve, qui l'a faite, eft parti aujourd'hui de Lyon pour aller préfenter le premier exemplaire à M. le Duc d'Orleans. Je ne doute pas qu'il n'obtienne facilement de fon A. R. la permiffion de faire entrer ce livre en France. Vous pouvez compter, M. que vous ferez fervi tout le premier. Je vous avertis même déja par avance que vous en aurez tout au moins deux exemplaires, dont l'un fervira à mettre vos corrections, fur lefquelles je fonde ma principale efpérance pour la perfection de l'ouvrage dans une feconde édition : mais il n'eft pas encore tems de vous demander cette faveur.

ROUSSEAU A BROSSETTE.

Vienne le 30 Juin 1716.

JE vous demandois des nouvelles, M. hélas je ne fongeois güeres à la douleur que devoit me caufer la premiere que je recevrois de vous. J'ai fenti le perte que vous m'apprenez, comme vous la fentez vous-même. Il eft bien naturel de compatir anx malheurs de fon ami ; mais le vôtre me toucheroit par fes circonftances quand il ne regarderoit qu'une perfonne indifférente. Je vous plains, M. vous me plaindriez peut-être à votre tour, fi vous pouviez concevoir toute la part que je prends à votre affliction. Ne vous en étonnez pas, à force d'être malheureux je fuis devenu moins fenfible à mes malheurs qu'aux malheurs d'autrui.

Je n'ai jamais ouï parler du nouveau Traducteur de Quintilien : il entre dans la carriere par une entreprise bien difficile. Il n'y a point dans l'antiquité d'ouvrage didactique plus plein, ni plus éloquent que les livres des Inſtitutions : je voudrois qu'un Patru nous en eût donné la traduction : je réponds à M. l'Abbé Gedouin d'un ſuccès univerſel, ſi la ſienne répond à l'original. Le public y verra la Raiſon dans toute ſa pompe & dans toute ſa majeſté, prononcer du haut de ſon trône la condamnation des critiques mordernes : il y verra toutes les véritables régles de l'Eloquence appliquées, je ne dis point à Homere, mais au ſeul Homere, & ce divin Poëte propoſé non-ſeulement aux Poëtes, mais à tous les Orateurs, comme l'unique modele accompli de tous les genres où l'éloquence ſe puiſſe exercer. Je ne penſe pas que perſonne oſe s'aviſ-

fer de décliner l'autorité d'un Juge
comme Quintilien. Les beautés
d'Homere peuvent n'être pas fen-
fibles à tout le monde ; mais les efprits les plus mal faits fentiront le
poids des raifons de Quintilien. Les
autres ont plaidé : c'eft à lui à prononcer.

Je vous fuis bien obligé de m'a-
voir indiqué l'Examen pacifique de
M. Fourmont ; je le ferai venir &
le lirai, quelque mal écrit qu'il puifle
être. Si fes raifons font bonnes, le
livre eft bon. Car je n'appelle point
bien écrire, de dire des fotifes en beau
langage, & je ne lis point un livre
pour les phrafes. Madame Dacier
avec un ftile affez fec, en a fait un
fort bon de fon traité de la Corruption du goût. Elle ne fera peut-être
rien qui vaille, fi elle s'avife de
mettre fes raifons à la fauce douce
dans la Préface qu'elle doit donner
de l'Odiffée. Il ne s'agit point de
ménager les gens qui ne ménagent

point le fens commun : ils tirent
avantage de ces fortes de ménagemens, & font croire aux fots, qu'ils
font de grands perfonnages , par les
égards qu'on a pour eux. M. Perault
ne feroit jamais devenu la rifée du
genre humain, fi M. Defpréaux l'eût
traité auffi doucement que M. Boivin a traité M. de la Motte dans fon
Apologie d'Homere, qui eft d'ailleurs très-folide. Ne fe mocqueroit-
on pas d'un Général qui voudroit
fe battre en efcrime réglée avec un
laquais ? La Motte a fait prudem-
ment de ménager un accord avec
fon adverfaire , au point qu'il en al-
loit être accablé , après avoir tiré
toute fa poudre. Et voilà en quoi
confifte l'habileté de ces petits Meffieurs , c'eft de contrefaire les hum-
bles pour s'autorifer à être infolens.

Le grand défaut de la ftrophe que
vous avez eu la bonté de me copier
n'eft pas d'être pillée. Quand un
homme fait belle dépenfe du bien

d'autrui, je lui pardonne fon larcin. Ce n'eft pas copier un original ; c'eft jouter avec lui, comme difoit notre défunt ami. C'eft la dureté, l'équivoque, le galimathias que je ne pardonne point.

Leur terreur dément leur orgueil.

Trois rimes en *eur* dans un vers de huit fillabes, cela n'eft-il pas joli à l'oreille?

L'univers qui les envifage
Rétracte bientôt fon hommage
Par de fauffes vertus furpris.

Eft-ce l'univers ou l'hommage qui ont été furpris par de fauffes vertus? Il faut bien que ce foit l'univers : car il auroit mis un hommage, & alors il n'y auroit point eu d'équivoque. Si c'eft l'univers, pourquoi l'accufe-t-il d'être furpris par des vertus qu'il n'admire plus? Dès qu'on fe rétracte, on n'eft plus trompé, on eft défabufé.

Et l'admiration confufe.

Le mot d'*admiration* eſt proſaïque,
& ſonne ſi platement à l'oreille, qu'à
peine pourroit-il paſſer dans un vers
de Comédie ; & d'ailleurs *l'admiration confuſe* ne dit pas ce que l'Auteur veut dire. Cela ſignifie l'admiration d'une choſe qu'on ne conçoit
pas bien , le mot de *confus* n'étant
employé dans le ſens de honteux,
que lorſqu'on parle des perſonnes.
On dit fort bien je ſuis *confus* de vos
civilités. Mais on ne peut pas dire
mon eſtime eſt *confuſe* de mon approbation.

A l'égard de l'Epictete de M. Dacier , je ne l'avois point vu , & je ne
ſçavois pas même qu'il y travaillât ,
quand je fis il y a dix ans les vers
dont vous me faites l'honneur de
vous ſouvenir , c'eſt à l'original que
j'en voulois, & que j'en veux encore,
comme au plus triſte ouvrage de morale qu'il y ait dans le monde. Je ne
parle que de ſon Manuel , qu'il n'eſt
pas poſſible de lire ſans avoir envie

de se noyer après l'avoir lû : car pour
ses discours recueillis par Arrian , on
dit qu'ils sont moins lugubres : je
m'en rapporte à ceux qui les ont lûs.

Le mot de M. Despréaux mourant mériteroit bien de n'être pas
perdu pour la postérité. Il exprime
parfaitement son caractere : rien n'é-
toit plus propre à remettre ses esprits
en mouvement qu'une Tragédie comme R*** & si M. le Verrier l'avoit
lû sur son tombeau , il en seroit sorti
comme Achilles , pour ordonner que
cet ouvrage fût immolé à ses Manes.
L'Auteur est un faiseur de songes
noirs , dont le stile est aussi faux que
les idées. Le caractere d'un déclamateur est de dire sérieusement des choses hors de propos, qui deviendroient
bonnes si on les disoit en plaisante-
ries. Je vous donnerai pour exemple
ce vers d'une Tragédie , où un mari
après avoir raconté d'une maniere
affreusement pathétique la cruauté
qu'il a exercée sur sa femme en la
noyant

noyant par jaloufie, finit fon récit
par ce vers :

Et de l'amour ainfi j'éteignis le flambeau.

Un homme auffi agité de remords
ne fauroit penfer à faire une pointe :
cela eft puérile. Mais un autre pourroit lui dire, *C'eft donc comme cela que
vous éteignez le flambeau de l'amour ?*
Et la plaifanterie feroit bonne dans
la bouche d'un homme de fang froid.

Vous devez avoir reçu le portrait
de votre très-humble ferviteur : il eft
parti d'ici il y a près de deux mois
avec un mot de lettre, dans lequel
je vous renvoyois la lettre de change
que vous m'aviez adreffée. J'avois
chargé du tout M. Vigier, qui devoit vous l'envoyer de Soleure, &
qui a écrit qu'il s'étoit acquitté de fa
commiffion.

Vous me demandez des nouvelles
de la Bibliothéque du Prince Eugene :
elle eft affez ample, compofée de
fort bons livres, parfaitement bien

reliés : mais ce qui doit vous sur-
prendre, c'eſt qu'il n'y en a preſque
point que ce Prince n'ait lû ou du
moins parcouru avant que de les envoyer au Relieur. Croiriez-vous
qu'un homme chargé preſque ſeul
de toutes les affaires de l'Europe,
Lieutenant Général de l'Empire, &
premier Miniſtre de l'Empereur, pût
trouver du tems pour lire autant que
qui n'auroit autre choſe à faire ? Ce
Prince eſt inſtruit de tout, mais il
n'affecte aucun genre d'érudition en
particulier : il ne lit que pour ſe dé-
laſſer, & met ſes délaſſemens à profit auſſi bien que ſes occupations. Il
a l'eſprit d'une juſteſſe admirable, &
une ſimplicité charmante dans toutes
ſes manieres. C'eſt un philoſophe
guerrier, qui regarde ſes dignités &
ſa gloire avec indifférence, qui ra-
conte les fautes qu'il a faites avec la
même naïveté que s'il parloit d'un
autre : aſſez froid dans l'abord, très-
familier dans le commerce, & beau-

coup plus touché des vertus d'autrui
que des siennes. Il part dans peu de
jours pour la Hongrie , d'où l'on apprend que les Turcs commencent à
s'assembler sous Belgrade. Je vous
dirai des nouvelles quand il y en aura
à dire : donnez-m'en souvent des vôtres , & soyez persuadé que vous ne
sauriez prendre cette peine pour un
homme qui soit avec plus de reconnoissance , & de véritable estime que
moi.

M. SUDRE A BROSSETTE.

Genève 21 Août 1716.

DANS ce moment, M. je reçois
une lettre du 12 de M. Rousseau , & voici ce qu'il me dit à votre
égard.

   » Je suis très-agréablement flaté ,
» je vous l'avoue , quand je vois que
» nous nous rencontrons, vous, M.
» Brossette , & moi, dans nos juge-
» mens sur les matieres qui se pré-

» fentent à notre plume. Son dif-
» cernement pourroit fervir de régle
» aux critiques les plus délicats, &
» l'air de probité & de fagefle qui
» paroît dans toutes fes lettres, aug-
» mente encore chez moi le prix de
» fon jugement. Je ne ferai point de
» réponfe à la lettre qu'il m'a fait
» l'honneur de m'écrire fur mon Por-
» trait, il faudtoit le remercier de
» fes remercimens, & je ne veux
» point que nos lettres dégénerent
» en un commerce de complimens. Je
» vous fupplie, M. de m'en épargner
» l'embarras, & de vouloir bien lui
» cautionner pour moi la reconnoif-
» fance que j'ai de toutes fes hon-
» nêtetés. Vous pourrez lui appren-
» dre en même tems, mais il le fçaura
» déja, la grande & furprenante Vic-
» toire que M. le Prince Eugene
» vient de remporter fur les Turcs ::
» il n'y en eut jamais de fi complette.:
» Nous n'en fçavons point encore les
» particularités; mais fuivant ce que

» dit l'Officier qui en a apporté la
» nouvelle, il faut qu'il y ait eu plus
» de 40 mille hommes tués du côté
» des Infidelles, qu'on pourfuivoit
» encore à minuit, quoique l'affaire
» fût décidée dès midi. M. le Prince
» Eugene a écrit à l'Empereur de la
» Tente du Grand Vizir : on a pris
» tout leur camp, leurs munitions,
» leur Chancellerie, & 160 pieces
» de canon. Cette fameuse journée
» s'eft paffée le 5 auprès de Péterva-
» radin : le combat a commencé avant
» six heures du matin, & les Turcs
» n'ont jamais combattu avec tant de
» valeur ni d'opiniâreté, ni même
» d'ordre ; ce qui doit vous furpren-
» dre d'une nation jufqu'ici affez peu
» difciplinée. Le deffein du Vizir
» étoit de bloquer Petervaradin, &
» d'empêcher par-là le paffage du
» Danube au Prince. Sa diligence les
» a prévenus, & au lieu de conqué-
» rir l'Efclavonie, ils fe trouvent
» eux-mêmes expofés à la conquête

» aſſurée de Belgrade & de Te-
» meſwar.

BROSSETTE A ROUSSEAU.

Lyon 6 Août 1716.

JE ne reçois point de réponſe aux
deux dernieres lettres que j'ai eu
l'honneur de vous écrire. En attendant je m'en vais toujours commencer ma gazette littéraire.

J'apprends dans ce moment la
mort de M. l'Abbé Boileau , Doyen
de Sorbonne , âgé de 81 ans & 4.
mois. La Faculté n'eſt point allée à
ſon enterrement comme elle va à
celui de ſes Doyens , parce que Meſſieurs de la Sainte Chapelle n'ont pas
voulu céder leurs places à Meſſieurs
de Sorbonne : ce qui ſe pratique
pourtant ailleurs. Il eſt mort le premier de ce mois à 11 heures du matin dans ſa 82 année. Il laiſſe encore
une niéce appellée Mademoiſelle

Despréaux, qui a quatre-vingts ans,
ou peu s'en faut.

M. de la Monnoie m'a envoyé
cette piéce nouvelle de sa façon.

PLAINTE DE CATULLE.

Sur la mort du Moineau de sa Lesbie.

Lugete, o veneres, cupidinesque.

Tendre Venus, tendres amours, & vous
Hommes galans, qui servez belle amie,
En noir atour aujourd'hui venez tous
Pleurer la mort du Moineau de Lesbie.
Las ! il étoit son ébat le plus doux :
Elle l'aimoit plus que sa propre vie.
Posé tantôt sur son sein, sur son bras,
Jamais enfant ne connut mieux sa mere.
En quelque lieu qu'elle tournât ses pas,
On le voyoit, qui d'une aîle légere,
De çà, de là, se hâtant de voler,
Par ses pipis sembloit la rappeller.
Or vole-t'il dans ces manoirs funebres
Où dès qu'on entre on demeure toujours ?
Que maudit soit ce pays de ténébres,
Qui nous ravit nos plaisirs, nos amours.
O Parque injuste ! ô rigueur sans seconde !
Pauvre Moineau, cause de nos douleurs,

C'eſt par ta mort que Lesbie eſt en pleurs,
Et qu'il en cuit aux plus beaux yeux du monde.

M. de la Monnoie aime à s'exercer ſur des ſujets qui ne ſont pas de
longue haleine. Il a traduit ou imité
plus de 200 Epigrammes de Martial, dont j'ai une copie. *Sunt bona,*
ſunt quædam mediocria. Je veux dire
qu'il y en a quelques-unes qui n'ont
ni le tour, ni la brieveté, ni la vivacité de l'original, & qui ſentent un
peu la traduction.

Je ne connois après Marot que trois
perſonnes en France qui ayent parfaitement réuſſi dans le genre épigrammatique. Ces trois perſonnes
ſont M. Deſpréaux, M. Racine, &
vous, Monſieur. Oſerai-je cependant
vous le dire ? Je ſuis fâché que M.
Deſpréaux en ait fait quelques-unes
de trop ; que M. Racine n'en ait pas
fait aſſez, & que M. Rouſſeau n'en
faſſe plus. Si je vous demande la cauſe
de cette interruption, ne me répon-
drez-vous point avec Martial liv. 12,

Civitatis aures, quibus assueveram, quæro, & videor mihi in alieno foro litigare. Si quid est enim in libellis meis quod placeat, dictavit auditor. Après tout si jamais vous vous avisez de faire des Epigrammes, je vous conjure M. au nom de l'amitié que vous m'avez promise, de vous souvenir de cette maxime si sage & si utile, que nous avons ouï dire à M. Despréaux, & que vous m'avez rappellée dans une de vos lettres, qu'*un ouvrage sévere peut bien plaire aux libertins, mais qu'un ouvrage trop libre ne plaira jamais aux personnes sévères.*

Je reprends la plume, M. (10 Août) pour ajouter un article qui vient à propos. M. de Monchenai me mande qu'il va incessamment donner au public une douzaine de Satires qui sont faites depuis long-tems, avec une traduction ou imitation de 300 Epigrammes des plus belles qui soient dans Martial. J'ai vu autrefois quelques-unes de ces Satires :

E v

& voici une Epigramme que j'ai re-
retenue. Vons en jugerez.

A CLORIS.

J'en conviens , vous êtes si bonne
Que vous ne refufez perfonne :
Vous ne rougiffez point , Cloris , je le fçai bien :
Mais du moins rougiffez de ne refufer rien.

MARTIAL IV. 12.

Nulli , Thai , negas : fed fi te non pudet iftud ,
Hoc faltem pudeat , Thai , negare nihil.

La même par M. de la Monnoie.

A SIMONNE.

Vous ne refufez à perfonne :
Sans doute cela n'eft pas bien :
Ayez du moins honte , Simonne,
De ne refufer même rien.

Mille actions de graces , M. de la
part que vous avez bien voulu prendre à l'affliction que me caufe la perte
d'une époufe très-aimable & très-
aimée. J'en fuis moins confolé que
le premier jour : auffi en matiere de
tendreffe , mes fentimens, bien loin

de s'affoiblir, vont toujours en aug-
mentant. Vous avez reffenti. de
grands chagrins, j'en demeure d'accord. Mais, M. il me femble que
ceux qui ont leurs principes dans le
cœur, font plus cruels & plus longs
que les autres.

Le jugement que vous faites fur
la maniere dont un mari affaffin de
fa femme exprime fes remords & fa
douleur dans une Tragédie, me plaît
infiniment, & je n'oublierai point la
régle que vous ajoutez : *Que le ca-*
ractere du déclamateur eft de dire fé-
rieufement des chofes hors de propos,
qui deviendroient bonnes fi elles étoient
dites en plaifanterie. Cela eft très-
vrai & très-fenfé. M. Defpréaux con-
damnoit cet endroit de l'Andromaque de Racine, où Pirrhus dit à fon
confident en parlant d'Hermionne :

> Crois-tu, fi je l'époufe,
> Qu'Andromaque en fon cœur n'en fera point ja-
> loufe ?

E vj

Ce n'eſt pas que ce ſentiment ſoit faux comme celui que vous citez : au contraire il eſt pris dans la nature ; mais c'eſt parce qu'il n'eſt pas aſſez tragique , & M. Deſpréaux avoit remarqué qu'aux repréſentations de l'Andromaque, l'on ne manquoit jamais de ſourire en cet endroit. Or ce n'eſt pas l'effet que doit produire la Tragédie : l'amour doit y être traité autrement que dans la Comédie.

La critique raiſonnée que vous faites de la ſtrophe que je vous avois envoyée de M. de la Motte , confirme le jugement que nous en avions porté.

> Du héros l'homme déſabuſe ;
> Et l'admiration confuſe
> S'enfuit & fait place au mépris.

Jamais ces vers ne ſeront comparables à ceux-ci.

> Le maſque tombe , l'homme reſte ,
> Et le héros s'évanouit ,

Mais, M. faites-moi la faveur de
me dire une chofe que j'ai oublié de
vous demander. Dans ce vers,

Le mafque tombe, l'homme refte,

n'avez-vous pas eu en vue celui de
Lucrece, Liv. 3. v. 58.

Eripitur perfona, manet res.

Si cela eft, comme il y a apparence, vous avez véritablement *jouté*
contre votre original ; vous l'avez em-
belli, au lieu que la Motte en vous
copiant, vous a défiguré.

O le magnifique portrait que vous
faites du Prince Eugene ! Vous me l'a-
vez dépeint comme homme de Lettres, comme Philofophe, & comme
premier Miniftre de l'Empereur. Que
ne m'auriez-vous point dit du Héros
fi vous aviez pu prévoir la fameufe
victoire qu'il vient de remporter fur
les Infideles ! Je n'en fais point d'autre détail que celui que vous avez
mis dans votre lettre à M. Sudre, &

dont il m'a envoyé l'extrait. Mais
l'action nous paroît bien glorieuse
pour le Prince, & bien avantageuse
pour l'Empereur. Dans le tems que
cette nouvelle est arrivée, l'on croyoit
ici que la paix étoit faite entre l'Empire & la Porte ; mais nous étions
bien mal informés de la vérité.

Je viens au Commentaire sur les
Oeuvres de Boileau. M. Fabri m'a
écrit de Paris une fort grande lettre
qui contient le détail de la réception
qu'il a reçue de Monseigneur le Régent, quand il a présenté cet ouvrage
à S. A. R. & à Monseigneur le Duc
de Chartres. Cet accueil favorable a
fait grand bruit, & le Libraire en
tire un bon augure. M. Barillot son
associé me mande que vous lui en
demandez quelques exemplaires. Je
viens de lui écrire de vous en envoyer trois de ma part, & voici la
destination que j'en fais. Il y en aura
un pour M. Vanschuppen, en reconnoissance de votre portrait : les deux

autres feront pour vous, à condition
qu'un des deux fera pour y faire toutes les corrections, additions, changemens, &c. que vous croirez néceffaires : c'eft une grace que je
vous demande, & je vous déclare
par avance que je jugerai de votre
amitié pour moi par l'attention que
vous donnerez à ma priere, & du
cas que vous aurez fait de mes Notes
par le foin que vous prendrez de les
corriger. Je vous permets auffi de juger de ma docilité & de ma reconnoiffance, par l'ufage que je ferai de
vos corrections dans une feconde
édition.

ROUSSEAU A BROSSETTE.

A Vienne, le 30 Septembre 1716.

CE n'eft que d'hier, M. que je
fuis de retour d'un voyage que
j'ai fait en Moravie avec M. le Comte de Zinzindorf. J'y ai paffé une

quinzaine dans les amufemens que fournit la Campagne, & j'ai trouvé en arrivant ici la derniere lettre que vous m'avez fait l'honneur de m'é-crire, que j'ai lue avec un plaifir proportionné à l'impatience que j'a-vois de la recevoir. J'y répondrai par article; car ce pays-ci ne me fournit pas de quoi vous entretenir de mon propre fond, & d'ailleurs les lettres étant une image de la converfation, je ne veux point jouer aux propos interrompus, ni tomber dans le cas de l'Epigramme des trois Sourds, dont l'un parle d'un fromage, l'autre de labourage, & le troifiéme de mariage.

Je commence par l'illuftre défunt, dont les Gazettes m'avoient appris la mort dans le tems que vous me l'é-criviez. Je l'ai vû quelquefois chez M. Defpréaux fon frere : c'étoit un hom-me d'un grand & folide fçavoir & d'u-ne doctrine admirable. Mais fon ftile, comme vous fçavez, étoit moins gra-

ve que fes mœurs, & M. Defpréaux
qui l'aimoit tendrement, difoit de
lui, que s'il n'avoit pas été Docteur
de Sorbonne, il l'auroit été de la
Comédie Italienne. Ce qui fait bien
voir que la fimplicité du cœur dédai-
gne l'affectation des paroles, & que
les hommes les plus purs ne font pas
les plus fcrupuleux dans leurs Difcours, ni dans leurs Ecrits. L'excès de circonfpection à cet égard,
tient plus du Pharifien que de l'A-
pôtre; & vous avez eu long-tems
dans votre voifinage un Cardinal illuftre par la fainteté de fa vie, dont
les bons mots fréquens pourroient
faire un fecond tome aux Epigrammes les plus libres de Martial. Vous
me direz qu'il n'étoit pas à imiter en
cela, & j'avoue qu'on doit éviter le
fcandale des fimples, & que ce n'eft
pas affez d'être innocent devant Dieu
fi on ne l'eft encore devant les hommes. Mais comme l'un ne fe trompe jamais, & que les autres fe trom-

pent prefque toujours , je crois qn'il
eft bon de ne point trop juger fur
les apparences , & de fe défier un peu
des réprobations , auffi-bien que des
apothéofes de la terre , qui ne font
peut-être pas toujours ratifiées dans
le ciel.

J'ai lû avec plaifir la traduction
que vous m'avez envoyée de Catulle :
mais je voudrois que celui qui l'a faite
eût un peu plus fongé à parler François, qu'à traduire le latin. Je crains
qu'il ne foit tombé dans la baffeffe
en cherchant la naïveté : elle eft admirable dans l'original , mais d'autant plus difficile à attraper dans une
traduction, qu'elle confifte toute dans
l'élégance des mots , qui ont bien
la même fignification , mais non pas
la même grace dans routes les langues. Il eft bien plus aifé d'attraper la penfée d'un Auteur, que d'attraper fon expreffion , & c'eft par-
là qu'on réuffira toujours mieux à
traduire Martial que Catulle , qui

penſe bien moins, mais qui parle
beaucoup mieux que l'autre à mon
avis.

Je ne ſçai ſi les trois cens Epigrammes, que M. de Monchenai a
traduites du premier, auront un fort
grand ſuccès : la naïveté ne laſſe jamais, & les pointes d'eſprit laſſent
bientôt. Martial en a fait quelques-
unes dans la maniere de Catulle, qui
égalent ou ſurpaſſent Catulle même. Mais elles ſont en petit nombre,
& il en a fait trop dans l'autre genre, comme il le reconnoît lui-même. Au reſte, M. de Monchenai eſt
plus capable de bien choiſir qu'un
autre, & je ne connois que lui pré-
ſentement, qui ſçache faire des vers
marqués au bon coin. J'ai entendu
quelques-unes de ſes Satyres, où j'ai
trouvé des endroits parfaitement
bien touchés. Mais je ne ſçai ſi on
ne pourroit point dire, *Infelix ope-
ris ſumma.* Il étoit un des dévots de
M. Deſpréaux, qui en étoit quel-

quefois fatigué, & qui me difoit en parlant de lui: *Il femble que cet homme-là foit embarraſſe de ſon mérite & du mien.* Effectivement il eſt plus né avec les talens du Cabinet qu'avec ceûx du monde, & on diroit que Martial a fait par eſprit de prophétie le portrait de ſon futur Traducteur dans cette excellente Epigramme, qui commence par, *Occurrit tibi nemo quod libenter, &c.* Que ceci ſoit entre nous, s'il vous plaît. Il a été de mes amis, & je ſuis encore ſon ſerviteur: mais j'ai retiré doucement mes troupes depuis que je l'ai vû en liaiſon avec des petits farfadets de robe, également indignes de ſa converſation & de mon eſtime.

Je ne répondrai point à ce que vous me dites de trop obligeant ſur ma maniere d'écrire dans le genre épigrammatique. Mais on ne peut rien de plus juſte que l'application que vous me faites du paſſage de la Préface du douxiéme livre de notre

Martial ; & pendant que nous fommes fur cet Auteur il faut que je
vous dife encore que fi j'avois eu
deffein comme M. de Monchenai,
de me faire honneur en François de
quelques-unes de fes Epigrammes ,
j'aurois tâché de les rendre origi-
nales , en joignant la naïveté du ftile de Marot à la fubtilité de la penfée de Martial. C'eft ce que j'ai effayé
de faire dans la feule Epigramme
que j'ai jamais tirée de cet Auteur ,
la voici en original.

Nefcio quid fcribas tam multis , Faufte , puellis ?
Hìc fcio quòd fcribo nulla puella tibi.

Voici mon imitation. C'eft l'Epitaphe d'un Abbé qui n'eft pas encore mort , & que vous reconnoîtrez
peut-être.

Ci-deffous gît M. l'Abbé Courtois, &c. *

Je fuis entiérement du fentiment
de M. Defpréaux fur la derniere fcé-

* Cette Epigramme eft dans fes Oeuvres.

ne du fecond Acte de l'Andromaque , & j'ai toujours condamné cette fcène en l'admirant , parce que
quelque belle qu'elle foit , elle eft
plutôt dans le genre comique enno-
bli , que dans le genre tragique. En
effet fi vous y prenez garde, ce n'eft
autre chofe qu'une paraphrafe de cet
endroit de la premiere fcène de l'Eu-
nuque :

Exclufit. Revocat. Redeam ? Non , fi me obfecret.

Cependant , fi c'eft une faute , on
doit être bien aife que Racine l'ait
faite , par les beautés dont elle eft
parée : mais il ne feroit pas fûr de
l'imiter en cela. Quand l'amour n'eft
point tragique , comme dans Phédre , & dans le Cid , il devient petit & bas , & nous n'avons prefque point de Tragédies en notre langue , qui ne foient gâtées par-là.
Corneille a bien fait pis, au lieu d'exprimer dans fes amans le caractére
de l'amour , il n'a exprimé que fon

propre caractére, & n'en fait le plus souvent que des Avocats pour & contre, des Sophistes, & quelquefois même des Théologiens.

Il est vrai, Monsieur, & vous l'avez bien remarqué, que j'ai eu en vûe le passage de Lucréce *quo magis in dubiis, &c.* dans la strophe que vous me citez de mon Ode à la Fortune, & je vous avoue, puisque vous approuvez la maniere dont je me suis approprié la pensée de cet Ancien, que je m'en sçai meilleur gré que si j'en étois l'auteur, par la raison que c'est l'expression seule qui fait le Poëte, & non pas la pensée qui appartient au Philosophe & à l'Orateur, comme à lui : & c'est pourquoi Virgile, & les autres grands Poëtes, n'ont fait aucune difficulté de dire en leur langue, ce qui avoit déja été dit par d'autres grands Poëtes en la leur, & ils ont mérité avec justice la louange de tous les hommes, lorsqu'ils y ont bien réussi.

Car rien n'eſt plus difficile que de bien réuſſir dans cette eſpece de joûte, comme l'appelloit notre défunt ami. Je ne voudrois point qu'un Auteur prît l'invention & l'œconomie entiere de l'ouvrage d'un autre ; mais d'inférer heureuſement dans un Ouvrage à ſoi, des traits qui ſe préſentent naturellement d'un Auteur renommé, il n'y a que des la Motte, des T * * * *, qui puiſſent condamner cet ouvrage ; gens, comme je l'ai déja dit ailleurs, plagiaires d'eux-mêmes, & incapables d'imiters ce qu'ils ſont incapables de ſentir.

Mais à propos de la Motte & de T * * * *, eſt - il vrai, M. comme l'écrit un homme, qui n'eſt pas à la vérité fort grand grec, qu'Homere eſt auſſi généralement décrié en France que la Conſtitution ? Comme l'erreur eſt le partage de la multitude, je ne ſerois point ſurpris que l'héréſie eût gagné le grand nombre

bre

bre : mais je le ferois fort fi le dépôt
de la vérité ne s'étoit pas confervé
parmi quelques-uns. Et fi cela eft,
le Concile des Caffés pourra bien
avoir un jour le fort du Concile de
Rimini.

J'ai cru qu'il fuffifoit , pour fa-
tisfaire à votre curiofité , de vous
peindre dans M. le Prince Eugene ,
l'homme privé. Car le Héros eft
affez , & n'eft que trop connu en
France , & dans toute l'Europe , in-
dépendamment de fa derniere victoire , qui a entiérement anéanti
l'armée formidable des Turcs : enforte qu'il n'en eft non plus queftion
préfentement , que fi elle n'avoit jamais été. Le fiége de Temefward
s'avance fans aucun obftacle que celui de la terre & de l'air , qui font
très-favorables aux Infidéles , mais
qui n'empêcheront pas que cette
importante place ne tombe bientôt
au pouvoir des Chrétiens.

Je finis enfin en vous promettant

ce que vous exigez de moi pour le Commentaire hiftorique , dont je n'ai encore aucune nouvelle de vos Libraires , & que j'attends avec une impatience que je ne puis vous exprimer , non plus que l'attachement avec lequel je fuis , &c.

ROUSSEAU A BROSSETTE.

Vienne 14 *Octobre* 1716.

VOTRE livre , M. eft entre les mains de tout le monde , & j'étois furpris de n'avoir encore entendu parler , ni de l'ouvrage , ni des Libraires ; mais je ne le fuis plus, depuis que j'ai appris par diverfes perfonnes , auffi indignées que je le fuis , de l'infolence qu'ils ont eu d'y fourrer deux Piéces déteftables , (pour ne rien dire de la troifiéme qui eft de M. Huet) dans lefquelles M. Defpréaux eft déchiré avec autant de fureur que d'ignorance. Je fuis-moi-même injurieufement dénigré dans la derniere, qui eft fûrement, & ne peut être qu'un ouvrage de l'infâme ***** accoutumé à cacher le bras dont il jette la pierre, & à diftribuer fon venin à l'ombre de l'obfcurité dont il fe couvre. Je ne croirai jamais, M. auffi honnête homme que vous l'êtes, que vous ayez eu part à la publication de ces miférables Ecrits, ni que vous ayez pû vous réfoudre à profaner la mémoire d'un grand homme, qui étoit votre ami, & dont vous avez même illuftré les Ouvrages par des Commentaires. Mais cependant, les voilà ces Ecrits infolens, imprimés dans un livre qui porte votre nom, & ceux qui ne vous connoîtront pas comme je fais, ne feront point obligés de croire que cela s'eft fait fans votre aveu. Souffrez donc, M. qu'en vertu de l'amitié que je vous ai promife, je me plaigne à vous, de l'audace de vos Libraires ; &

puifque vous m'avez demandé mes
avis fincéres fur votre édition, per-
mettez que je commence par celui
que je vous donne de faire fupprimer des Ecrits auffi deshonorans que
ceux-ci le font pour votre Livre :
car l'indignité ne peut en retomber
fur M. Defpréaux , ni fur moi qui
ne fuis pas mort & qui fçaurai bien
m'en venger. Pardonnez-moi la liberté que je prends de m'expliquer
auffi ouvertement que je le fais. L'a-
mitié n'admet point les détours ni
la diffimulation , & vous ne fçau-
riez douter , M. que je ne vous aime fincérement ; puifque je vous
écris avec cette fincérité. Si vos indignes Libraires, aux avances de qui
j'ai répondu avec autant de bonté
que s'ils avoient été d'honnêtes gens,
ne réparent pas leur faute ; vous êtes
obligé , pour vous en difculper , de
les punir publiquement par un dé-
faveu fi fort , qu'il ne puiffe laiffer

fur vous aucune ombre de foupçon d'y avoir coopéré. Pour moi, je fçai ce que j'aurai à faire en tems & lieu. J'oubliois de vous dire que ces Libraires font d'autant moins exculables, que je leur ai donné mes avis, il y a plus d'un an, fur ces trois Piéces que j'avois vues dans l'édition de Hollande. Honorez-moi d'une réponfe, par le canal de M. Vigier, à Soleure, & faites-moi l'amitié de croire, que bien loin de vous envelopper dans mon indignation, je fuis avec autant dé fidélité & de zéle que jamais, Monfieur, &c.

BROSSETTE A ROUSSEAU.

Lyon ce 20 Novembre 1716.

J'AI reçu, Monſieur, vos deux dernieres lettres ; l'une par M. Sudre, & l'autre par la voie de M. Vigier. J'ai vû dans la derniere, les juſtes plaintes que vous faites contre mes Libraires, & elles ont réveillé dans mon cœur le reſſentiment que j'ai contre eux des additions qu'ils ont faites à l'édition du Boileau. Vous avez eu raiſon de croire que je n'ai eu aucune part à ces maudites additions : ils les ont faites, je ne dis pas ſans mon conſentement, mais contre mon gré, & nonobſtant toutes les raiſons les plus fortes que j'ai pû leur dire. La premiere fois qu'ils me manderent (en Septembre 1715.) qu'ils étoient dans le deſſein, *ſuivant le*

conseil de tous leurs amis, de mettre à la fin de l'Ouvrage les Piéces
qui avoient été ajoutées à l'édition
de Hollande, je ne connoissois de
ces Piéces que la Dissertation de
M. Huet, & les remarques de M.
le Clerc. Comme je sçavois que
ces deux Piéces étoient non-seulement fort mal raisonnées, mais
qu'elles étoient encore remplies de
termes injurieux contre M. Despréaux, je mandai aux Libraires,
que je ne pouvois consentir à leur
publication. Mes raisons leur pa-
rurent si bonnes qu'ils s'y rendi-
rent, suivant leur lettre du 23 Octobre; & M. Sudre me manda le
2 de Novembre, qu'il les trouvoit
sans réplique. Cependant les personnes qui leur avoient donné ce
conseil, ayant insisté, mes Libraires reprirent leur premier dessein, &
l'exécuterent, disant qu'ils ne pouvoient, sans faire un tort considérable à leur édition, se dispenser d'y

inférer les Piéces qui avoient paru
dans celle de Hollande : parce que
les Hollandois qui fe difpofoient à
contrefaire celle de Genève , qui eft
la nôtre , dès qu'elle paroîtroit , y
ajoûteroient ces mêmes Piéces , &
feroient paffer la leur pour augmentée : Qu'en un mot les intérêts du
Libraire étoient bien différens des
intérêts de l'Auteur , & qu'ils étoient
les maîtres de mon Manufcrit par
l'acquifition qu'ils en avoient faite.
Voilà l'équité des Libraires. Ils ont
cru me difculper fuffifamment , en
fe chargeant eux feuls de cette mon-
ftrueufe addition , par un avertiffement qu'ils ont mis à la tête. Je
vous laiffe à penfer fi j'ai crié contre
une telle violence ; mais comme je
n'étois pas à portée de l'empêcher ,
il a fallu paffer par là. La lettre que
vous m'avez écrite fur ce fujet, m'a
obligé de lire la troifiéme Piéce dont
vous vous plaignez. Je vous jure
que je ne l'avois jamais lue ; mais

je l'ai rrouvée fi mauvaife , fi peu
fenfée & fi méprifable , que je ne
comprends point comment on s'eſt
obſtiné à la publier : *eſt quaſi fomnium,
delirantis.* J'en dis autant des Réflexions que M. le Clerc y a ajoutées. Voilà , M. un récit fidéle de
ce qui s'eſt paſſé entre mes Libraires & moi. Leur injuſtice m'a tellement dégoûté , que j'ai comme
abandonné cette édition depuis ce
tems-là. Je n'ai pas même voulu me
mêler de la dédicace qu'ils ont faite du livre. A l'avenir , fi je m'avi-
fois de faire imprimer , je prendrois
d'autres précautions pour empêcher
qu'on ne me fît de pareilles violen-
ces. Mais dans l'état où font les
chofes , je ne puis faire à l'égard de
ces Meſſieurs que ce qu'on fait ordinairement à l'égard d'un domeſtique , qui a infulté un homme de
confidération ; c'eſt de lui abandon-
ner le domeſtique. Je m'en vais
pourtant leur mander de vous faire
E v

telle satisfaction que vous souhaite-
rez , quoique dans le fonds feriez-
vous mieux de ne pas prendre pour
votre compte une chose dite en l'air ,
& sans aucune application personnelle. Peut-être M. Huet (car c'est
lui qui est l'auteur de cette Piéce)
peut-être dis-je , M. Huet n'a point
pensé à vous. Quant aux Libraires ,
je suis persuadé qu'ils ne l'ont point
fait par malice , & qu'ils n'ont agi
que sur le conseil qui leur a été donné , sans se douter que cela pût fâcher
ni vous , ni personne. Quoi qu'il en
soit, il faut qu'ils suppriment tout cela, ou du moins qu'ils fassent des
cartons. Au reste , Monsieur , je ne
puis assez vous exprimer combien je
suis sensible à la franchise avec laquelle vous m'avez expliqué vos
sentimens sur cela. Voyez ce que je
puis faire pour votre satisfaction ,
& pour vous donner des marques
suffisantes de l'attachement sincére

& plein d'eſtime avec lequel je ſuis.

***

ROUSSEAU A BROSSETTE.

Vienne, ce 26 Novembre 1716.

VOTRE lettre eſt venue bien
à propos, Monſieur ; je ve-
nois de recevoir les exemplaires que
vous m'avez envoyés, & j'avois
déja parcouru preſque routes vos
remarques, où je reconnois Monſieur Deſpréaux par-tour, & où je
vois à chaque page des preuves de
l'amitié ſincére qu'il vous portoit,
& de la confiance intime qu'il avoit
en vous. Voyez ce que c'eſt que
de juger ſur les apparences, & où
vous en pourriez être avec des gens
moins prévenus pour vous que je
ne le ſuis. Je commençois à croire que vous aviez abuſé de cette
confiance & de cette amitié, en
publiant vous-même les Piéces poſ-

F vj

tiches qui attaquent la mémoire de
votre ami : & ce qui me le faisoit
craindre, c'est que je les voyois citées avec grand soin dans votre Table des matieres , & cela en plusieurs articles , & plusieurs fois même en chaque article , comme vous
pouvez le voir à ceux de *le Clerc*,
de Huet, *d'Equivoque* , *de Sublime*,
de Satyre , *souvent dangereuse à son*
Auteur, pag. 405 , de *Longin* , de
Montausier , de *Renaudot* , &c. Vos
Libraires d'ailleurs disent à qui veut
l'entendre , & jurent leurs grands
Dieux , que c'est vous qui leur avez
envoyé le pitoyable Sonnet de je ne
sçai quel Avocat de campagne ,
contre la Satyre XII. Je voyois encore
que vous citez en divers endroits de
vos Remarques , le sçavant Evêque
d'Avranches , qui a même bien voulu , dites-vous , les enrichir de ses
conjectures sur le mot de *Cocagne*,
& *Gogaille* ; & enfin je ne pouvois
m'imaginer qu'un homme aussi exact

que vous le paroiſſez dans la recherche de toutes les éditions de
votre Auteur, eût négligé de lire
celle de Hollande, où les trois Piè-
ces en queſtion ſe trouvent imprimées en caractére très-liſible. J'étois
préoccupé de toutes ces idées, lorſque votre lettre m'a été rendue, &
j'ai été ravi de voir le déſaveu que
vous faites de la part qu'on pourroit vous donner à la publication de
ces miſérables Ecrits. Vous m'aſſu-
rez qu'on vous a fait violence, &
que vous n'aviez jamais lû cette
Réponſe à l'Avertiſſement, qui ſe
trouve pourtant citée dans votre Table. Je vous crois, Monſieur. Et le
moyen de ne pas croire un homme
de votre mérite, qui déclare ſi po-
ſitivement dans ſa Préface, qu'*il s'eſt
défendu ſévérement tout ce qui auroit pû lui acquérir la gloire de Com-
mentateur exact aux dépens de la probité & de la Religion ?* Vous ſçavez
trop bien la liaiſon qu'il y a entre

les devoirs de l'amitié & ceux de
la religion. Vous n'ignorez pas que
ce qu'il y a de plus sacré parmi les
hommes, est le respect que nous devons à la mémoire de ceux qui nous
ont aimés pendant leur vie. A Dieu
ne plaise que je vous croye capable
d'avoir manqué contre un principe
si universellement connu. Cependant
comme il y a dans le monde des
gens plus chagrins que je ne le suis,
& que vous ne pouvez pas écrire à
tous ceux qui liront votre livre; je
ne sçai comment les amis & les pa-
rens de feu M. Arnauld s'accom-
moderont de l'y voir traité aussi indignement qu'il l'est. Je ne sçai, dis-
je, comment tous ceux qui s'inté-
ressent à la mémoire de M. Despréaux, pourront digérer l'immortalité qu'on y assure aux sotises écrites contre lui, en les associant à ses
propres Ecrits. Ils jugeront sans doute qu'il auroit été bien plus naturel, si on vouloit faire cet hon-

heut à M. Huet, d'y inférer fa
Differtation contre M. Perrault,
dont vous faites une mention honorable, à la tête de vos Remarques
fur les Réflexions. Je fuis perfuadé
que vous n'autez pas plus de peine
à vous difculper auprès d'eux qu'auprès de moi ; mais au nom de Dieu,
gardez-vous bien de leur avancer,
comme à moi, que ce fçavant Prélat eft l'auteur de la Réponfe à l'A-
vertiffement. Ils ne prendront point
le change. Ils fçavent trop bien que
le langage de cette Piéce n'eft point
celui d'un Evêque. Ils fçavent, quelque foin qu'on ait pris de le leur cacher, que ce Libelle eft l'ouvrage du
reffentiment de l'Abbé de * * * *,
qui n'ayant jamais eu affez d'efprit
pour conftruire quatre lignes de profe, s'eft fervi de la plume d'un co-
quin, accoutumé de longue main à
faire paffer fes crimes fous le nom
d'autrui. Je ne fçai même fi les amis
de M. Huet feroient trop contens

que vous lui attribuaffiez un pareil
Écrit. Je vous dis ma penfée, comme je crois y être obligé ; mais ce
fera la derniere fois que je vous écri-
rai fur une matiere fi peu gracieufe.
Je fouhaite de tout mon cœur que
vous me faffiez naître des occafions
plus agréables de vous prouver toute
l'eftime & toute la fincerité avec lefquelles je fuis.

BROSSETTE A ROUSSEAU.

A Lyon 1 9 Janvier 1717.

VOTRE lettre, M. du 26 Novembre, ne m'a été rendue qu'au commencement de Janvier. Ce retardement m'a tenu dans une cruelle inquiétude sur la disposition de votre cœur à mon égard : car franchement je ne voudrois point être brouillé avec vous pour aucun sujet du monde, mais surtout pour une sotise, dont les apparences déposeroient contre moi, quoique j'en sois fort innocent.

Les sentimens d'honneur & de probité dont on sçait que je fais profession, s'accorderoient fort mal avec une pareille conduite ; & vous devez juger que si j'avois eu la moindre connoissance de l'injure dont vous vous plaignez, je n'aurois voulu

ni ofé vous pas faire préfent d'un Livre qui auroit été le receleur de cette
même injure. N'en jugez point, je
vous prie, par la table du Livre ;
car non-feulement je ne l'ai pas faite , mais je ne l'ai pas même encore
lue, au moment que je vous écris
ceci , & vrai-femblablement je ne la
lirai jamais. Il eft vrai que mes Libraires m'ayant invité de leur indiquer le plan que je voulois que l'on
fuivît dans cette Table , j'en fis le
commencement fur des cartes à
jouer , que je leur envoyai pour achever l'ouvrage ; car un travail de cette
nature ne convient ni à mon goût,
ni à mes occupations. Ce fait eft
fans doute de la connoiffance de M.
Sudre, par les mains de qui cette
lettre doit paffer : il peut vous en
certifier la verité , ou me démentir ,
fi je ne la dis pas. Il peut encore
vous apprendre, fi ce font les Libraires eux-mêmes qui ont fait cette
Table , ou fi c'eft quelqu'autre per-

fonne : car pour moi, je vous le jure, je ne fçai point qui en eft l'auteur. J'ajouterai même une chofe
dont vous ne devez pas douter,
c'eft que fi j'avois entrepris de la
faire, je n'y aurois certainement pas
inferé un feul mot de ce que contiennent les maudites additions qui
ne font ni de moi, ni de mon Auteur. A l'égard de la Réponfe à l'A-
vertiffement, je ne me dédis point
de ce que je vous en ai mandé. Oui,
M. c'eft un Evêque qui l'a faite,
& ni l'Abbé de ** *, ni celui que
vous foupçonnez, n'y ont eu aucune
part. Je le fçai fi pofitivement, que
je puis l'affurer fans témérité. Dans
un voyage que notre ami Thoulier
fit à Rome, il y a environ trois ans,
je recevois à Lyon les lettres que
lui & le fçavant Prélat s'écrivoient
mutuellement. Un jour en faifant réponfe au Prélat, je m'avifai de le con-
fulter *fur le Pays de Cocagne*; & il me

répondit ce que vous avez vû dans ma Note.

Au reste, M. je vous prie d'être persuadé que j'ai été vivement touché de votre juste ressentiment, & que personne ne vous estime plus sincérement, ni plus tendrement que moi. Je ne renvoye pas ces protestations à à la fin de ma lettre, de peur que vous ne les regardiez comme des complimens de formule, & de ces honnêtetés circulaires qui ne sont ni données, ni prises à la rigueur. Ici c'est la pure vérité, & l'expression naïve de mes sentimens.

L'Odyssée de Madame Dacier paroît depuis quelque tems. Ce que j'en ai lû m'a fait connoître que sa traduction n'est pas inférieure à celle de l'Iliade. Il me paroît même que comme l'Odyssée est plus simple, moins animée, & moins élevée que l'Iliade; la sçavante Traductrice a tâché d'ennoblir son stile par un choix

de mots admirables, & avec tout
l'art possible : desorte que cette traduction me semble encore plus tra-
vaillée & plus finie que la premiere.
Elle est accompagnée d'une Préface
d'environ cent pages, où Madame
Dacier explique la nature, l'origine
& les régles du Poëme épique : après
quoi elle développe les beautés de
l'Odyssée en particulier, & le but
du Poëte. De-là elle prend occasion
de prouver, contre le sentiment de
Longin, que l'Odyssée est un Poëme aussi soutenu que l'Iliade, & qui
marque autant de force & de vigueur d'esprit. Elle rapporte les jugemens que les plus grands maîtres
ont portés de l'Odyssée, & elle fait
voir qu'ils l'ont même préférée à
l'Iliade. Madame Dacier ne dit pas
un mot de M. de la Motte. Voilà
le fruit de leur réconciliation. Sup-
posé que vous n'ayez pas ce Livre,
mandez-le moi promptement, & je
vous l'enverrai avec plaisir & avec

exactitude. Je ferois bien content,
fi je pouvois vous marquer avec combien d'attachement & de confidé-
tion je veux toujours être, Monfieur.

Vous m'avez promis vos corrections fur mon Commentaire de Boileau ; j'attends cette faveur de votre complaifance & de votre générofité.

ROUSSEAU A BROSSETTE.

Vienne le 8 Février 1717.

NE parlons plus M. d'un procédé que l'intérêt de la mémoire de M. Despréaux & celui de votre propre honneur m'ont fait sentir plus vivement que le mien. Il me suffit que vous le reconnoissiez indigne de vous, & que vous le désavoüiez, comme vous faites. Il est bien plus naturel de croire que vos Libraires vous accusent à tort que de soupçonner un homme de votre mérite d'une infidélité. Je n'ai point, Dieu merci, l'esprit porté à l'aigreur, ni à la contention, & d'ailleurs je me souviens toujours d'avoir oüi dire à feu Saint-Evremont, que dans toutes les affaires du monde, il n'y avoit jamais que deux ou trois bonnes raisons à dire, & que

quand on pouſſoit au-delà , on ne
diſoit plus que des ſotiſes. J'ai reçû
la lettre que vous m'avez fait l'honneur de m'écrire du 19 du mois paſſé , & je recevrai toujours avec le
même plaiſir celles dont il vous plaira de m'honorer. Je ſçavois déja que
l'Odyſſée de Madame Dacier pa-
roiſſoit, & j'ai écrit à Paris , pour
en avoir un exemplaire que j'attens
le mois prochain. Ce que vous m'en
dites redouble l'impatience que j'a-
vois de lire cette traduction , qui eſt
la meilleure réponſe que l'Auteur
ait put faire aux impertinentes objections des ennemis d'Homere. Le
ſilence qu'elle a gardé à leur égard
eſt le ſeul parti que j'aurois pris en
ſa place. Elle les a aſſez bien con-
fondus dans ſon diſcours de la Corruption du goût , pour n'avoir pas
beſoin de revenir à la charge. Au
reſte je vous rends mille graces de
l'offre que vous me faites de m'envoyer ce Livre. Je profiterai de
votre

vôtre honnêteté dans une autre occasion. Les mouvemens qui regnent
aujourd'hui en France, laissent peu
de place aux nouvelles littéraires.
Les Théologiens seuls attirent pré-
sentement l'attention du Public. Ils
décident, pendant que le Evêques
délibèrent ; & il semble que le second Ordre du Clergé ait pris la
place du premier. Nous sommes ici
spectateurs tranquilles de cette guerre ecclésiastique, & on n'y est occupé que de celle des Turcs, contre
lesquels on songe à se mettre en campagne de bonne heure. Je ne sçai pas
encore si je la ferai ou si je resterai
à Vienne. Quand mon esprit sera
plus à moi, je relirai avec plaisir
vôtre Commentaire, qui m'en a
fait infiniment à la premiere lecture,
& que je voudrois prendre pour unique modele, si j'avois à écrire dans
ce genre. Je n'y ai rien trouvé qui ne
soit à propos, & le stile m'en a paru excellent: mais je me suis rap-

pellé en mémoire, en le lifant, quelques faits dont je vous ferai part,
puifque vous le fouhaitez. C'eft
bien le moins que je puiffe faire,
pour répondre à l'honneur que vous
me faites de me demander mon avis,
& pour vous prouver l'eftime & la
confidération avec laquelle j'ai l'honneur d'être.

ROUSSEAU

à M. SUDRE à Genève.

Vienne le 18 Fevrier 1717.

QUAND il feroit vrai, M. que votre ami eût pû manquer en quelque chofe, à ce qu'il fe doit à lui même ; le foin qu'il prend de s'en difculper me fait trop d'hon-neur, pour en conferver la moindre rancune. C'eſt à lui d'empêcher que fes Libraires ne l'accufent d'avoir envoyé le Sonnet, & écrit lui-mê-me l'avertiffement qui eſt à la tête des additions, & c'eſt à moi de croi-re comme article de foi tout ce qu'un homme de fon mérite prend la pei-ne de me dire pour fa juftification. Je fuis perfuadé qu'il prendra fes mefures pour leur en faire avoir le démenti, & pour faire retrancher de la feconde édition ces miférables,

G ij

Piéces postiches, qui ne font honneur
ni à leurs Auteurs, ni à lui, ni à la
République des Lettres. Je le crois
dans l'erreur sur l'auteur de la Réponse à l'Avertissement. Elle n'est ni du
style ni du caractére de M. Huet : ses
amis la défavouent, & j'ai des raisons convaincantes de l'opinion où
je suis sur cela. Quant aux deux autres, on voit bien qu'elles sont écrites par d'honnêtes gens un peu pi-
qués : mais elles sont si mal raisonnées, & portent sur un principe si
faux, que le plus grand service qu'on
puisse rendre à ceux qui les ont faites, est de les supprimer tout-à-fait.
Il n'y a pas un homme de Lettres,
sans exception, qui n'ait sifflé leur
opinion ; & la maniere dont ils sou-
tiennent leur erreur est encore moins
sensée, s'il se peut, que leur erreur
même. C'est traiter le Public avec
trop de mépris, que de lui avancer
des paradoxes de cette grossiéreté ;
& pour deux ou trois ridicules peut-

être, qui par bizarrerie d'esprit peuvent entrer dans nos visions, on ne doit jamais se rendre ridicule soi-même aux yeux de toute la terre, en heurtant le sens commun & la raison. Cette réflexion me conduiroit trop avant, & le papier me manque. Il vaut mieux profiter de ce qui m'en reste, pour vous assurer de l'estime & de la considération avec laquelle je suis.

BROSSETTE A ROUSSEAU.

Lyon 19 Mars 1717.

IL y a près d'une année que vous eutes la complaisance de m'envoyer votre portrait pour un de mes amis, qui a voulu lui donner place dans son cabinet avec les portraits des plus célebres Ecrivains François du siécle passé. Cet ami, qui se nomme M. Mazard, m'a témoigné plusieurs fois la confusion où

G iij

il étoit de ne vous avoir point remercié. Il le fait aujourd'hui par la
lettre que vous trouverez dans ce
paquet. Mais sa reconnoissance n'est
point satisfaite par de simples remercimens : il veut vous la témoigner
d'une maniere plus sensible, & qui
vous soit agréable. Pour cet effet il
m'a chargé de sçavoir de vous ce qui
pourroit vous convenir, soit en livres, soit en bijoux. Mandez-moi de
bonne grace ce qui peut vous faire
plaisir. Vous êtes en quelque façon
obligé d'en user ainsi avec moi, parce que si vous ne vous expliquez pas,
il sera difficile que nous rencontrions
votre gout. La liberté avec laquelle
j'en use ainsi avec vous, mérite que
vous vous expliquiez avec la même
franchise ; & je la prendrai comme
une marque d'amitié de votre part.

Il est vrai, comme vous le dites,
que les mouvemens qui regnent aujourd'hui en France, laissent peu de
place aux nouvelles littéraires. Les

taxes de la Chambre de Juſtice, le démêlé qui eſt entre les Princes légitimes & les Princes légitimés ; & enfin les affaires de la Conſtitution, voilà les trois grands objets qui attirent l'attention publique.

La Chambre de Juſtice vient d'être ſupprimée : vous trouverez dans ce paquet une Ode qui contient ſon éloge funébre ; on l'attribue au jeune Arrouet.

L'Abbé Fraguier travaille à faire imprimer un Recueil de Diſſertations qu'il a faites. Il en avoit égaré deux ou trois, & par bonheur j'avois une de celles qu'il avoit perdues. Elle eſt ſur le caractere de Pindáre. Comme l'enthouſiaſme fait le principal caractere de ce Poëte, l'Abbé Fraguier prend occaſion d'expliquer ce que c'eſt que l'enthouſiaſme : & ce qu'il en dit m'a paru ſi beau, que j'ai cru devoir vous le tranſcrire ici, quand ce ne ſeroit que pour vous retracér l'idée de ce feu divin, dont vous

avez tant de fois senti l'impression.
En tout cas cela vaut mieux que tout
ce que je pourrois vous écrire de
mon chef.

» Suppofez donc, dit-il, qu'un
» homme né Poëte & plein de son
» sujet, après en avoir diftribué à
» peu près toutes les parties, & en
» avoir tracé une légere ébauche
» dans un repos entier, s'applique
» enfuite à envifager le tout enfem-
» ble avec une forte attention. Bien-
» tôt son efprit s'échauffe, son ima-
» gination s'allume, toures les fa-
» cultés de son ame fe réveillent pour
» concourir à la perfection de son
» ouvrage ; & le feu qui l'anime ré-
» pendant l'éclat d'une lumiere vive
» & brillante, lui découvre tout d'un
» coup, comme Venus à Enée, ce
» qu'avant cela il n'étoit pas capable
» d'appercevoir. Tantôt les penfées
» nobles & les traits les plus brillans,
» tantôt les images tendres & gra-
» cieufes, tout cela fe vient préfen-

» ter en foule avec une suite de cho-
» ses agréables, empreſſées pour ainſi
» dire à ſe placer d'elles-mêmes. Sou-
» vent auſſi la chaleur de l'enthou-
» ſiaſme s'empare tellement de ſon
» eſprit, qu'il n'en eſt plus le maî-
» tre, & que s'il lui reſtoit dans ce
» moment quelque autre ſentiment
» que celui de ſa compoſition, ce
» ſeroit pour ſe croire l'organe de
» quelque Divinité. Ces différentes
» impreſſions produiſent des effets
» différens, des deſcriptions quel-
» quefois ſimples & pleines de dou-
» ceur & d'agrément, & quelque-
« fois riches, nobles & élevées, des
» comparaiſons juſtes & vives, des
» traits de morale lumineux, des en-
» droits heureuſement empruntés de
« l'hiſtoire ou de la fable, & des deſ-
» criptions mille fois plus belles que
» le fond de ſon ſujet. L'harmonie,
» l'ame des beaux vers, ne ſe fait
» point dans ce moment chercher par
» le Poëte. Les expreſſions nobles, &

G v

» les cadences heureufes s'arrangent
» toutes feules, comme les pierres
» fous la lyre d'Amphion. Rien ne
» reffent l'étude ni le travail. Une
» méditation profonde conduite par
» une raifon fcrupuleufe & délicate,
» ni la beauté même de l'efprit, quel-
» que grande qu'elle puiffe être, ne
» fçauroient jamais toutes feules
» produire rien de pareil. Auffi les
» poëfies qui font le fruit de l'en-
» thoufiafme, ont un tel caractere de
» beauté, qu'on ne peut ni les lire
» ni les entendre fans être échauffé
» du même feu qui les a produites:
» & l'effet de la Mufique la plus par-
» faite n'eft ni fi fur, ni fi grand que
» celui des vers nés dans le feu de la
» fureur poétique.

Après vous avoir copié ce morceau, j'ai relû l'Ode de M. de la
Motte fur l'enthoufiafme. Il y parle
bien de cette impreffion divine ; mais
la fentoit-il quand il en parloit ? C'eft
ce que je ne fçai pas.

Je suis sensible à la perte irréparable que vous faites par le départ de M. l'Ambassadeur. Vous avez sans doute fait provision d'amis utiles & puissans dans la Cour Impériale. Mais quand M. l'Ambassadeur sera revenu en France, ne pourroit-on point y ménager votre retour? La chose n'est pas impossible, il me semble: & s'il n'y a que des difficultés à surmonter, qui peut mieux le faire que M. du Luc? Pardonnez ces réflexions à un homme qui s'intéresse à votre fortune & à votre destinée. C'est la sincere amitié qui m'inspire ces sentimens: recevez-les comme une nouvelle preuve de la parfaite considération avec laquelle je veux être toujours.

ROUSSEAU A BROSSETTE.

A Vienne le 19 *Avril* 1717.

VOus trouverez dans ce paquet, M. la réponse que je fais à la lettre de M. Mazard. Je suis également confus, & des remercimens dont il m'honore, & des offres dont il me prévient. Si l'occasion se présente d'en profiter, je l'embrasserai avec autant de confiance que j'aurois de plaisir, si j'en trouvois quelqu'une de lui rendre mes très-humbles services. En attendant je le supplie de me conserver les sentimens obligeans qu'il me témoigne ; & je vous supplie, M. de vouloir bien l'y entretenir.

La perte que j'ai faite par le départ de M. le Comte du Luc est irréparable du côté du cœur ; mais elle ne l'est point du côté de la fortune, & peut-être ne serai-je pas long-tems à attendre. J'aurois pû il y a long-tems en trouver une assez considérable en France, & même assez glorieuse, s'il eût été possible d'accorder mon honneur avec mon retour. Mais j'ai tout rejetté, & quand je vivrois autant que les Patriarches, jamais je ne mettrai le pied dans le Royaume, que je n'aye obtenu des réparations & des satisfactions proportionnées aux injures & aux injustices qui m'y ont été faites. Si mes amis veulent faire quelques démarches sur ce plan là, à la bonne heure : sinon ils me connoissent assez pour être sûrs que je désavouerai publiquement & par écrit toutes celles qu'ils pourroient faire pour me ménager un retour indigne de moi. C'est ce que j'aurois déja fait, si on avoit poussé les choses jusqu'à présenter malgré moi mes lettres de rappel au Parlement.

Le morceau que vous m'avez copié de la Dissertation de M. Fra-

guier , eft admirable. Il faut avoir
fenti l'enthoufiafme en Poëte pour en
exprimer auffi bien les effets en critique. Rien n'eft plus jufte ni plus
éloquemment écrit. Il eft certain,
comme il le dit , que le caractere de
la véritable fureur poëtique eft d'infpirer en quelque forte à ceux qui li-
fent , le même tranfport qu'on a fenti en compofant. C'eft-ce que Platon
a fort bien remarqué dans fon Dia'o-
gue intitulé *Jon* : & c'eft ce que je
fens tous les jours moi-même en lifant les bons Auteurs de l'Antiquité ,
à qui j'avoue que j'ai dû toutes mes
infpirations , s'il eft vrai que j'en aye
eu jamais quelqu'une.

L'Ode que vous m'avez envoyée
fur la Chambre de Juftice n'a point
produit les mêmes effets fur mon efprit. Je n'ai gueres vû rien de plus
groffier ni de plus platement enflé.
Le caractére emporté & féditieux de
cet ouvrage ne peut plaire qu'à des
petits efprits , fans goût & fans ju-

gement. Mais comme le nombre en
est fort grand en France , & qu'il y
augmente tous les jours, je ne suis
point surpris de la vogue qu'il a
eue. Nos Allemands ne lui ont
point fait la même grace , & ils en
ont jugé comme moi. J'ai peine à
croire que ce soit le jeune Arrouet
qui l'ait fait. Il n'auroit pas au moins
fait rimer *Prophête* avec *arrête* , ni
troupeaux avec *maux.* Je croirois
bien plus volontiers que l'Auteur des
infâmes chansons qui m'ont été si
indignement attribuées , est l'Auteur
de cette même prétendue Ode. C'est
le même tour , le même génie : ce
sont les mêmes fautes & les mêmes
grossieretés. Je m'assure que vous
ferez de mon avis , si vous prenez la
peine de comparer les deux ouvrages.

La dissipation où je vis depuis un
mois ne me permet pas de vous écrire
plus au long. J'envoye cette lettre à
Soleure pour vous la faire tenir à
Lyon. Quand j'aurai un peu de loi-

fir, je lirai tout votre Commentaire,
& j'aurai l'honneur de vous communiquer le peu d'obfervations que j'ai
faites en le lifant la premiere fois.

ROUSSEAU A M. MAZARD.

Vienne 19 Avril 1717.

J'Avois cru jufqu'ici n'avoir obligation qu'à M. Broffette de l'honneur que mon portrait a reçu, & je
n'avois témoigné qu'à lui feul combien j'y étois fenfible. Mais puifque
vous partagez avec lui le mérite du
bienfait, il eft jufte que je partage
auffi entre vous deux la reconnoiffance qui vous en eft due. Recevez
donc, M. mes juftes remercimens,
comme la feule monnoïe dont je
puiffe payer les vôtres, & n'augmen-
tez point la confufion où je fuis, de
fçavoir que j'occupe dans votre cabinet une place qui ne devroit être
remplie que par les véritables divini-

rés du Parnaffe. Il n'étoit pas jufte
que vous fiffiez les frais de mon apo-
théofe ; & ce n'eft point par générofité , mais par modeftie que je vous
les ai épargnés. Le même fentiment
me défend de profiter de l'offre que
vous avez la bonté de me faire , quoique j'en fois auffi reconnoiffant qu'on
le peut être. Cependant j'accepte
avec toute la joie poffible celui de
votre amitié , dont je ne vous demande d'autre témoignage , jufqu'à
ce que j'aye pû m'en rendre digne ,
que la grace de mettre la mienne à
l'épreuve , & de me faire naître quelque occafion de vous marquer l'eftime finguliere , & la parfaite confidération avec laquelle j'ai l'honneur
d'être.

BROSSETTE A ROUSSEAU.

A Lyon 20 *d'Avril* 1717.

EN attendant votre réponse à ma derniere lettre, M. je vais vous faire part de nouvelles que j.e reçois de Paris dans ce moment. Ce qui me détermine d'autant plus à vous les envoyer, c'est qu'à la fin il y a un article qui vous concerne, comme vous verrez.

Le Czar, qui désiroit depuis long-tems de venir voir les beautés de la France, & qui avoit été refusé, y viendra incessamment.

On voit souvent M. Desmareftz chez S. A. R. Les gens expérimentés croyent qu'il n'y a pas d'autres moyens de rétablir la confiance, le commerce & les finances, que de l'y placer avantageusement ; parce qu'on espérera bien d'un homme consommé dans ces sortes d'affaires.

On assure qu'il s'est trouvé dans les papiers de S. A. R. un placet au nom de M. Fourqueux, ci-devant Procureur Général de la Chambre de Justice, par lequel il expose que la suppression de cette Chambre le laissant sans occupation, il supplie ce Prince de lui permettre d'aller en Hongrie.

Je supprime ici, M. quantité d'autres nouvelles politiques & Ecclésiastiques, pour venir aux nouvelles littéraires.

On a joué avec succès la Tragédie nouvelle de S***. L'Auteur la promettoit depuis long-tems, & l'avoit même fait afficher ; mais par certains ménagemens qui regardent le sort de cette piéce, il avoit différé de l'exposer au grand jour de la représentation.

M. de la Grange a donné *Sophonisbe*. Les Comédiens avoient de leur autorité particuliere réformé quelque chose dans le troisiéme & dans le cinquiéme Actes ; & l'Auteur avoit été obligé de souscrire à leur décision. Quand l'Orateur de la Troupe vint annoncer la seconde représentation de cette piéce, le Parterre s'écria que l'on vouloit qu'elle fût représentée comme elle avoit été composée, & sans les changemens qui avoient été faits par *ces gueux de Comédiens...* L'Orateur fut obligé de se taire. La Tragédie a été représentée, mais elle n'a point eu de succès, & l'Auteur attribue cette disgrace aux malheureuses corrections de ses reviseurs. Voici quatre vers de cette piéce qu'on a trouvés fort beaux ; mais dont la morale est trop hardie. Asdrubal parlant à sa fille Sophonisbe au sujet de Massinisse dont elle est aimée, & à qui il veut qu'elle demande une grace, lui dit :

Songez qu'il est des tems où tout est légitime,
Et que si la Patrie avoit besoin d'un crime
Qui pût seul relever son espoir abbatu,
Ne seroit plus crime, & deviendroit vertu.

On voit affez qu'il s'agiffoit d'une trahifon.

On attend avec impatience la Tragédie dOedipe par M. Arrouet, dont on dit par avance beaucoup de bien. Pour moi j'ai peine à croire qu'une excellente ou même une bonne Tragedie puiffe être l'ouvrage d'un jeune homme.

L'Opéra d'Ariane eft abfolument tombé, tant il eft ennuyeux. On travaille à remettre fur pied celui d'Hypermneftre qui n'a pas réuffi.

M. le Marquis d'Antin s'eft démis de l'infpection de l'Opéra. Il a ordonné pour chacun des principaux Acteurs & Actrices une gratification de 1000 liv. Thevenard a refufé la fienne, difant qu'on en donneroit bien autant à un Savoyard. Cette réponfe a paru infolente, & l'on auroit exclu ce héros de l'Opéra, fi on avoit cru pouvoir le remplacer.

Je finis par l'article qui vous regarde. » Il paroît ici un fonge de M.

» Rouſſeau, qui eſt extrêmement
» goûté. Il fait une apologie judi-
» cieuſe des Poëtes illuſtres de l'An-
» tiquité : enſuite il paſſe à celle des
» Poëtes qui ont excellé ſous le ré-
» gne précédent , & tombe enfin
» ſur ceux d'aujourd'hui, qu'il carac-
» tériſe avec beaucoup d'art , de for-
» ce & de fineſſe. Celui de Lyon
» (Gacon) n'y eſt pas oublié.

Je ne change rien dans les termes :
ſi vous avez fait l'ouvrage qui fait
le ſujet de cet article , préparez-
vous à être bien grondé de ne me
l'avoir pas envoyé , à moins que
vous ne répariez cette faute la premiere fois que vous m'écrirez. Vous
me devez cette diſtinction par faveur , par amitié, & peut-être par
juſtice. Vous me devez encore vos
obſervations ſur mon Commentaire :
car ce qui eſt promis eſt dû. Cependant ſi vous me les donnez comme
dettes , je les recevrai comme gra-
tifications. Ayez auſſi la bonté de me

faire réponse sur le premier article
de ma précédente lettre, au sujet de
la reconnoissance de l'ami pour lequel vous m'avez envoyé votre portrait. Voyez, M. combien d'engage-
mens vous avez contractés avec moi.
J'en ai un avec vous, que je ne veux
jamais oublier, c'est l'amitié respec-
tueuse avec laquelle j'ai l'honneur
d'être.

ROUSSEAU A BROSSETTE.

Vienne 18 *May* 1717.

CE qui m'intéresse le plus, M.
dans les nouvelles que vous
avez eu la bonté de m'écrire, est le
plaisir d'en avoir reçu des vôtres un
peu plutôt que je ne l'espérois. Malgré l'éloignement où nous sommes
de Paris, on ne laisse pas d'être assez
bien informé de ce qui s'y passe, de
la maniere dont on vit : à l'égard
des nouvelles étrangéres, cette bonne

Ville n'eſt pas le bureau d'adreſſe le plus ſûr pour en ſçavoir la vérité. Les lettres de Hambourg, d'Angleterre & de Hollande nous mettent à peu près au fait ſur les deſſeins de la Suede, & ſur ſes démarches. Le mécontente-ment eſt grand parmi les Anglois ; mais perſonne n'eſt en état d'attacher le grelot , & Dieu ſeul peut ſçavoir ce que Dieu a réſolu.

Pour le Czar, qui n'étoit point en-core à Paris le 2 de ce mois, je ſuis perſuadé qu'il y attirera la curioſité de bien des gens. Il en eſt plus digne que l'Ambaſſadeur de Perſe, & vous ſçavez juſqu'où on a porté le badau-diſme pour ce fol, tout mal morigi-né qu'il étoit. La plaiſanterie faite à M. de Fourqueux eſt dans le goût de la nation, qui ſe conſole de tout avec un bon mot ; & l'eſpérance qu'on a de la réſurrection de M. Deſmareſtz marque peut-être le beſoin où l'on en eſt.

A l'égard des nouvelles littéraires
que

que vous me mandez , j'avois oüi
déja parler de la Tragédie de S***
mais je fufpendrai mon jugement jufqu'à ce que je l'aye lue : car je vois
depuis que je fuis au monde , que
la vogue eft prefque toujours un ar-
gument décifif du peu de mérite des
ouvrages.

Je ne veux pas dire que l'Auteur
de cette piéce ne puiffe quelque jour
faire quelque chofe de meilleur que
ce que nous avons vû de lui ; mais
il faut qu'il rectifie fes idées , & qu'il
aille long-tems à l'école chez les Anciens , dont il me paroît , par fes pré-
faces , qu'il n'a jamais fait grand cas.
J'ai meilleure opinion de celui de
Sophonifbe : c'eft un garçon qui embraffe bien un fujet ; qui en ménage
les incidens avec adreffe , & qui ne
manque pas de facilité à faire des
vers. Mais il n'a ni force ni vigueur
dans fon expreffion , & pour éviter
le ftile enflé de l'autre , il tombe
fouvent dans le plat des Danchets

Tome II.   H

& des Pradons , avec beaucoup plus
de génie qu'eux. Ses quatre vers que
vous m'aviez copiés sont pourtant
fort bien tournés , mais ils portent à
une étrange idée , & je m'étonne que
les Comédiens ne s'en soient point
apperçus.

Il y a long-tems que j'entends dire
merveille de l'Oedipe du petit Arrouet. J'ai fort bonne opinion de ce
jeune homme ; mais je meurs de peur
qu'il n'ait affoibli le terrible de ce
grand sujet , en y mêlant de l'amour.
Dans presque toutes nos Tragédies ,
je vois que pour y vouloir fourer
cette passion mal à propos , on gâte
ce que l'action a de tragique ; &
quand l'amour ne l'est point , il n'est
point propre à la Tragédie. Pour vos
Operas d'Arianne & d'Hypermnes-
tre , quelque bons qu'ils puissent
être , ils ne méritent ni qu'on les
life , ni qu'on en parle ; & il y a
plus de vingt ans que j'ai dit , peut-
être avant M. Despréaux , que l'on

pouvoit bien faire un bon Opera,
mais non pas un bon ouvrage d'un
Opera.

Je finis par où vous finiſſez, c'eſt-
à-dire, par ce ſonge que l'on m'attribue, & que je ne connois point.
Ce qui m'en ſemble ſeulement ſur les
cinq lignes que l'on vous en a écrites, c'eſt que la fiction eſt un peu
uſée ; l'apologie des Anciens & de
nos illuſtres Modernes inutile, parce
que leurs écrits le défendent d'eux-
mêmes, & plus inutile encore la
ſatyre de ceux d'aujourd'hui, parce
qu'ils ſont déja condamnés.

ROUSSEAU A M. DE LA CLOSURE,

Réfident de France à Genéve.

Vienne, le 11 Juin 1717.

JE vous retrouve toujours dans vos lettres, M. & c'eft toute la confolation que l'éloignement où nous vivons puiffe ine permettre. mais elle eft bien foible, je vous l'avoue, quand on eft pris par le cœur. Je ne m'accoutume point à me voir privé d'un commerce comme celui de M. le Comte du Luc, & les dons de la fortune dédommagent peu des pertes de l'amitié. Il faudroit, pour nous rendre tous heureux en ce monde, qu'il y eût une ville exprès pour les honnêtes gens, & que la difperfion ne fût permife qu'au commun des hommes. J'aurois la douceur de vous voir, M. tous les jours de ma vie. J'y verrois en même-tems plusieurs amis que je regrette tous les jours, & je jouirois sans inquiétude de la présence du grand Prince à qui je dois aujourd'hui tout mon bonheur. Des considérations que je ne puis écrire dans une lettre, m'ont empêché de demander à le suivre à l'armée. C'est un sacrifice que j'ai fait à ma délicatesse, & qui me coûtera vrai-semblablement plus d'une allarme pendant le cours de cette campagne ; car on craint moins les périls qu'on partage, que ceux dont on se trouve éloigné.

Nous avons vû passer-ici une foule incroyable de Noblesse Françoise. Il ne nous y reste plus que M. le Marquis d'Alincour, que la fiévre a repris avec une violence qui nous inquiéte d'autant plus, que la Hongrie n'a jamais été la ressource des convalescens. L'air n'en est favorable qu'aux Héros. Ils y trouveront cette année des lauriers à moissonner. Il n'y eut jamais une plus belle armée,

ni de plus grands defleins à exécuter.
La capacité du chef & la valeur des
membres nous permettent d'en efpérer une heureufe iffue ; & felon
toute apparence le plus difficile fera
fait avant que cette Lettre parvienne
jufqu'à vous. Je ne puis la finir fans
vous demander permiffion d'y affurer M. de Cambiagues de mes obéif-
fances & de mon dévouement. Pour
vous , M. fans que je vous affuraffe
de rien , je fuis perfuadé que vous
me rendez affez de juftice pour croire que rien au monde ne peut affoiblir la paffion fincere , & l'attachè-
ment inviolable avec lefquels j'ai
l'honneur d'être.

BROSSETTE A ROUSSEAU.

Lyon 15 *Juillet* 1717.

JE voudrois bien être assuré , M.
que vous m'avez un peu grondé
dans le fond de votre cœur de ce que
je ne vous ai point écrit depuis trois
mois , quoique depuis ce tems-là
j'aye reçu de vous une lettre fort
belle & fort obligeante. En suppo-
sant donc que vous avez murmuré
contre mon silence , je vous dirai
pour excuse que j'attendois à vous
écrire, que je pusse vous donner avis
d'un envoi que vous fait M. Mazard.
d'un paquet qu'il vous prie de recevoir. Sa lettre qui accompagne la
mienne vous apprendra ce que c'est,
& ma fonction se borne à vous assurer qu'il n'y a point d'endroit au
monde où vous soyez plus aimé &
plus estimé que dans la maison de
M. Mazard, & dans la mienne. Re-
H iv

cevez donc son présent avec autant plaisir qu'il en a eu à vous l'offrir.

Depuis que vous êtes environné de la plus brillante Noblesse de France, je vous plains un peu moins que je ne faisois : je vous regarde comme étant, pour ainsi dire , dans votre patrie, au milieu de vos amis, & dans un vrai pays de connoissance. Cette situation vous met à portée de sçavoir beaucoup mieux que moi tout ce qui se passe en France de considérable, & bien loin de vous écrire des nouvelles comme j'ai fait jusqu'à présent , je devrois peut-être' vous en demander. Ainsi je ne vous parlerai ni des affaires de la Constitution, ausquelles on travaille toujours pour parvenir à un accommodement , ni de l'Edit par lequel le Roi régnant vient d'annuller celui que Louis XIV. avoit donné en faveur des Princes légitimés , ni de la contestation entre les Ducs & Pairs , & la première Noblesse du Royaume :

vous êtes informé de tout cela pour
le moins auffi bien que nous.

A la fin du mois paffé on reçut à
l'Académie Françoife M. de Fleury,
ancien Evêque de Fréjus, Précepteur du Roi. Son difcours fut fort
applaudi. Il fut fuivi de celui de
M. de Valincour, qui eft d'une
égale beauté. Il y fait une digref-
fion confidérable qui fait le fond
de fon difcours, pour prouver combien les fciences font utiles aux Rois.
» Si les Mufes, dit-il, ont befoin de
» la protection des Rois, les plus
» grands Rois ne laiffent pas de de-
» voir quelque chofe aux Mufes : ce
» font elles qui ont jetté les fonde-
» mens de la fociété civile, & qui
» ont appris aux premiers hommes à
» refpecter les premiers Rois. Que
» la ftupide ignorance, dit-il plus
» bas, qui s'approche fi hardiment
» du thrône des Rois, ne dife plus
» que les Lettres & les Sciences ne
» font bonnes dans un Etat, qu'à

» fournir aux gens oififs d'inutiles
» amufemens. Elles font devenues
» agiffantes & laborieufes dans notre
» fiécle , & n'y font eftimées qu'au-
» tant qu'elles rendent les hommes
» ou plus vertueux , ou plus capa-
» bles de remplir leurs devoirs dans
» toute forte d'états & de condi-
» tions. « Il prouve cela par le détail
des fciences, & voici ce qu'il dit de
celles que nous regardons comme les
plus abftraites & les plus féches.
» L'Algebre même, & la Géométrie,
» du haut de leurs fpéculations les
» plus abftraites , font defcendues
» dans les boutiques & dans les ate-
» liers. Elles y dirigent les Arts uti-
» les à la vie ; elles montent fur les
» vaiffeaux dont elles ont déterminé
» la conftruction ; elles en calculent
» la route ; elles vont aux extrêmités
» du monde perfectionner l'Aftro-
» nomie & la Géographie , & ouvrir
» de toutes parts de nouveaux che-
» mins au commerce. »

Vous voyez bien , M. que tout cet éloge des fciences venoit fort à propos au nouvel Académicien , Précepteur du Roi , & deftiné à jetter dans l'ame de ce jeune Prince des difpofitions favorables aux Sciences & aux Sçavans.

Quoi qu'il en foit , ces deux difcours Académiques nous font connoî re que toute l'Académie n'eft pas encore infectée du goût malheureux des pointes & des antithefes , & que la corruption n'a pas encore tout gagné.

ROUSSEAU A BROSSETTE.

Vienne le 13 *Août* 1717.

EST-IL poffible , M. que vous n'ayez pas été affez de mes amis pour m'avoir averti du deffein de M. Mazard ? Il m'a envoyé le plus beau préfent du monde , & me voilà dans le plus grand embarras où on puiffe

H vj

être , n'étant pas poſſible de le refu-
ſer, & ne ſçachant où prendre dans
un pays militaire comme celui-ci ,
de quoi m'en acquitter. Un mot de
votre part m'auroit mis en garde, &
un mot de la mienne l'auroit mis en
état de ſatisfaire ſon humeur bien-
faiſante , à bien moins de frais. Mais
je croyois bonnement l'affaire finie ,
& nous voilà à recommencer. Pour
votre peine , aidez-moi à le perſua-
der de la reconnoiſſance dont je l'aſ-
ſure dans la lettre que je vous adreſſe
pour lui ; & daignez m'apprendre un
peu plus en détail , par la premiere
dont vous m'honorerez , qui eſt la
perſonne à qui je ſuis redevable de
tant d'honnêtetés , & pour qui je me
ſens une ſi forte eſtime , ſans avoir
l'honneur de la connoître.

Vous trouverez ici ce que vous
m'avez demandé ſur vos remarques.
Je ſuis honteux de vous avoir fait
attendre ſi long-tems ſi peu de choſe ;
mais prenez vous en à l'excellence de

vos notes, de ce que les miennes ne
font pas meilleures. Je voudrois que
vous ajoutaffiez à votre édition , la
differtation de M. Huet contre les
paralleles : cela vaudroit beaucoup
mieux que l'ennuyeux écrit de cet
Evêque contre Moïfe , Longin &
Defpréaux. Vous en uferez cependant comme il vous paroîtra le plus
convenable, & fans crainte que mon
amitié en puiffe fouffrir la moindre
altération : car je fçais bien que vous
n'êtes plus le maître de votre ouvrage.

Les lambeaux que vous avez eu
la bonté de me tranfcrire du difcours
de M. de Valincour , font admirables. J'ai écrit pour avoir la piece entiere. Elle fera honneur à fon Aureur,
fi elle eft foutenue par tout de la même force.

Je devrois vous dire des nouvelles, mais le papier me manque auffi-
bien que le tems. Qu'il vous fuffife
d'apprendre que tout ira bien, &

que quoique lë fiége de Belgrade
reffemble fort à celui d'Aléxie, il y
a lieu de croire, par les meilleures
difpofitions où le Prince a mis l'armée, que l'iffue en fera auffi heureufe, fans être auffi fanglante. J'en
dirai peut-être davantage à M. Sudre
dans quelques jours, & je le prierai
de vous communiquer ma lettre. Je
finis celle-ci en vous affurant de l'é-
ternel attachement avec lequel je fuis
toujours.

---

*Remarques de Rouffeau fur le Com-
mentaire de Boileau par Broffette.*

*C Omme d'un morceau de bois, &c.
La même penfée fe trouve dans
la feconde Ode des Pithiques de Pindare, où ce Poëte fe compare à l'é-
corce du liége, qui demeure fur la
furface de l'eau, au milieu des agitations de la mer.

* Préface, pag. xvii.

* *Il ne se servit* (l'Abbé de la Riviere) *de la confiance du Prince, que
pour le trahir*, &c. Vous pourriez
ajouter le bon mot d'un Courtisan,
qui un jour que cet Abbé louoit extrêmement le Duc d'Orleans, l'in-
terrompit en lui disant : *Faites-le valoir encore davantage, afin de le vendre plus cher.*

** *C'est un pedant qu'on a sans cesse
à ses oreilles.* Il faut remarquer le
choix des syllabes au second hémisti-
che, qui font une image du sislement
importun de la Raison. Nous avons
peu de vers dans notre langue qui
expriment comme celui-ci la chose
par le son.

*** *Ma main, sans que j'y rêve,
écrira Raumaville.* Dans toutes les
premieres éditions il y avoit *Sommaville.* C'étoit le nom d'un Libraire du
Palais. Je n'ai point sçu ce qui avoit

---

* Satire I. vers 64. à la Remarque.
** Sat. IV. vers 118.
*** Sat. VII. vers 38.

donné lieu à M. Despréaux de le nommer si injurieusement.

* *Enfin bornant le cours de tes galanteries.* M. Racine n'est pas le seul qui ait été blessé de ce début. Beaucoup de personnes ont critiqué le gerondif *bornant* qui fait tout l'embarras de la phrase, & qui paroît sur tout au commencement d'un ouvrage. Je crois que le vers auroit marché plus légerement en mettant,

Enfin défabusé de tes galanteries,
Alcippe, &c.

** *Petit Cœur, ou mon Bon.* Cette maniere de parler, bourgeoise à l'excès ne répond point à la noblesse du reste de cette Satyre, que le célebre M. Bayle appelle le chef-d'œuvre de l'Auteur, & qui en effet est écrite avec autant d'art & de force qu'aucun de ses ouvrages. Il étoit aisé de subítituer à la place:

* Sat. X. vers 1.
** La même, vers 11.

Petit cœur, ou mon fils.

De voit autour de foi croître dans son logis, &c.

La rime n'auroit pas été si riche à l'œil ; mais elle est plus belle à l'oreille, & l'expression n'a rien de bas.

* *Suivre à front découvert Z.... ou Messaline.* Je ne sçais pourquoi l'Auteur, au lieu d'estropier son vers par un nom en blanc, qui peut d'ailleurs donner lieu à de malignes interprétations, ne s'est pas avisé de mettre *Julie & Messaline*, qui sont deux noms anciens, & qui contrastent fort bien avec celui de *Phédre*.

** *En vain ce Misantrope*, &c. C'est le Portrait du P. P. de H.

*** *Bientôt te signalant par mille faux miracles.* Ce vers & ceux qui le suivent jusqu'au 141. ne furent faits qu'un an après que M. Despréaux eut achevé cette Satyre. Un de ses

* La même, vers 174.
** Sat. XI. vers 37.
*** La même, vers 101.

amis (qu'il n'eſt pas néceſſaire que vous nommiez) lui fit remarquer qu'il ne parloit dans toute ſa piece , que des équivoques en matiere de Religion, & lui conſeilla de donner plus d'étendue à ſon ſujet , en touchant quelque choſe de l'ambiguité des Oracles , des fauſſes idées que les hommes ſe font ſur les vertus , & ſurtout ſur celles des héros , & enfin des équivoques & des doubles ſens , dont les Juges déguiſent les meilleures loix. M. Deſpréaux ſaiſit cette penſée , & la mit en œuvre en ces quarante vers qui peuvent être mis au rang des meilleurs de la Piece.

* *Quand & * **.* N'en déplaiſe à Meſſieurs de Genève , il faut rendre aux noms de *Luther* & de *Calvin* , auſſi-bien qu'à celui de *Proteſtant* , la place qu'ils méritent.

** *Ces fureurs juſqu'ici* , &c. Dans un exemplaire manuſcrit de cette

● La même , vers 216.
** La méme , vers 254.

Satire, que j'avois retenue par cœur avant qu'elle fût imprimée ; je trouve ces deux vers tournés de la maniere suivante :

Ces fureurs toutefois du vain Peuple admirées
Avoient été toujours de l'Eglife abhorrées.

Il me femble qu'ils fe lient plus naturellement avec ce qui précede.

* *Ce Chanoine* (l'Abbé Danfe) *aimoit à l'excés la bonne chere & la propreté.* Un jour étant à table avec M. Defpréaux, il s'avifa de lui fervir une grappe de raifin avec la fourchette ; & M. Defpréaux fur le champ porta la fienne à fon front pour le remercier.

** *Sous leurs pas diligens*, &c. Qui croiroit que l'original de deux auffi beaux vers, fe trouvât dans la

---

* Lutrin, Chant IV. Remarque fur le vers 165.

** Chant V. v. 21 & 22.

Pucelle ? Le voici, livre V.

Chinon baiſſé décroît,
S'éloigne, ſe blanchit, s'éfface & diſparoît.

C'eſt ainſi que Virgile tiroit de l'or du fumier d'Ennius.

* *Ci gît juſtement regretté.* C'eſt l'Epitaphe de M. de Gourville qui-eſt parfaitement repréſenté dans ces quatre vers. Il ne ſçavoit rien, & parloit de tout avec eſprit. Il étoit de très-baſſe naiſſance, & avoit des manieres fort nobles. Il faiſoit accueil à tout le monde, & n'aimoit perſonne.

** *Mais à ce métier, s'il vous plaît,* &c. Un ami de M. Deſpréaux, à qui il récita cette Epigramme, retourna fur le champ cette fin de la maniere ſuivante :

Mais à ce métier qui lui p'aît,
Loin d'acquérir quelque ſcience,

* Epig. IX.
** Epig. XVII.

C'eſt peut-être l'homme de France
Qui ſçait le moins l'heure qu'il eſt.

C'eſt qu'il eſt difficile que tant d'horloges ſe rapportent juſte les unes aux autres.

* Les trois rimes féminimes de ſuite, ne ſont point une faute dans cet endroit, non plus que dans une infinité d'autres de Voiture, de Sarraſin, de Chapelle, & de la Fontaine, où cette licence fait un effet très-agréable à l'oreille.

** *A l'Auteur inimitable.* Pour la beauté de la rime j'aurois voulu mettre :

Au Chroniqueur mémorable
De Peau d'Aſne, mis en vers.

*** *Si Dieu, lui-même ici, de ſon*

* Epig. XXIV. Remarques ſur le 3. 4. & 5. vers.
** Epig. XXV. vers 14.
*** Epig. XLIX. vers 15.

ouaille sainte, &c. M. Arnauld est
enterré dans un Fauxbourg de Bruf-
selles sous l'Autel d'une petite Chapelle.

* *Pierre Boileau de Puimorin*,
mort en 1683, *âgé de* 58 *ans*. C'é-
toit un homme de très-bonne compagnie, & si enjoué que M. Despréaux avoit coutume de dire de lui,
qu'*il avoit une joie continue avec des*
redoublemens.

** *Cet S. y est un peu plus nécessaire*,
&c. M. Despréaux passe trop aisément
condamnation. L'S est aussi néceffaire au pluriel *d'Opera*, qu'à tous
les autres pluriels de la Langue. Ou
ce mot est consideré comme Latin,
& dans ce cas il ne doit point être
employé au singulier: ou il est natu-
ralisé François, & alors il est affu-
jetti aux loix de la Langue. Dail-

* Tome II. Réflexion I. page 117,
Rem. 3.
** Réflexion VIII. p. 155.

leurs on prononce en parlant, *Operas*, *Quidams*, *Factums* : ce qui eſt un marque qu'il faut les écrire ainſi.

* *Touchant le régent la Place.* J'ai oüi conter à M. Deſpréaux, qu'ayant porté à ce Profeſſeur, l'argent que les Ecoliers payent ordinairement, il lui donna ſa quittance conçue en ces termes : *Je souſſigné, reconnois que Nicolas Boileau, mon Diſciple, m'a délivré la ſomme de douze écus, pour toute rétribution de mes labeurs.*

** Cette réponſe de M. de la Motte, que vous propoſez ici comme un modéle, en eſt un en effet, mais de mauvais ſens & de fauſſeté de goût. Je puis vous aſſurer que M. Deſpréaux n'honoroit nullement cet homme, de l'amitié, & encore moins de l'eſti-

* Réflexion IX. Remarque.
** Réflexion XI. Remarque p. 188.

me dont il trouve bon de s'applaudir.

* *Des raisons très - secrettes.* Ces raisons très - secrettes sont que M. Despréaux pensoit qu'il ne lui étoit plus permis de faire des Vers, depuis qu'il étoit payé pour travailler à l'Histoire du Roy, & qu'il n'osoit donner cette excuse au Public. Il y a dans votre Remarque une petite ironie que vous ferez bien de corriger.

Voilà, Monsieur, le petit nombre d'observations que j'ajoûte à la hâte, à vos excellentes Remarques. Je crois que vous ferez bien de faire imprimer tout du long les noms qui sont marqués dans le texte avec des étoiles, & que dans vos Remarques il y en a plusieurs que vous pouvez demasquer, sans vous commettre.

* Préface page 376.

Au

▬ Au reste, vous n'avez pas ignoré la pénitence prefque publique que M. Racine a faite de fa Lettre contre Meſſieurs de Port-Royal, qui l'avoient élevé. Elle eſt très-bien écrite, auſſi-bien que la Réponſe qu'il fit à Meſſieurs Dubois & Daucourt, & qui n'a jamais paru imprimée. Mais pardonnez-moi ſi je vous dis que vous n'auriez point dû foulever fa cendre, en publiant après fa mort un ouvrage qu'il avoit pris tant de foin de ſupprimer pendant fa vie.

ROUSSEAU A M. MAZARD.

Vienne 13 Août 1717.

M ONSIEUR,

Je vois avec la derniere confusion
le tort que j'ai eu de commencer
avec vous une difpute de civilité ;
& fi j'avois pû prévoir la maniere
dont vous avez dénoué cette con-
teftation , je me ferois épargné le
regret que j'ai de ne l'avoir pas finie lorfqu'il a dépendu de moi d'y
mettre des bornes. La vérité eft ,
Monfieur, que je me trouvois trop
payé d'un chetif préfent, par le cas
que vous m'aviez témoigné en faire, & que je ne m'attendois à rien
moins qu'à en recevoir un auffi magnifique que celui qui a fuivi votre
lettre. Les mefures que vous avez
prifes pour me le faire tenir , m'ont
mis hors d'état de me défendre de

l'accepter, & si quelque chose me console de cette généreuse supercherie, c'est le droit qu'elle m'acquiert de m'en venger quelque jour lorsque vous vous y attendrez le moins. J'avoue cependant que je vois toute la témérité qu'il y a à moi de vouloir continuer une escrime d'honnêteté avec vous. Peut-être que l'honneur du combat vous demeureroit encore. Qu'y a-t-il donc à faire à cela, Monsieur ? ce seroit que vous voulussiez par pitié m'indiquer les moyens de satisfaire à ma reconnoissance, & me fournir vous-même par une nouvelle générosité quelque occasion de m'acquitter envers vous. Je vous en conjure de tout mon cœur, & j'attends cette grace comme la seule qui puisse me relever de la honte où je suis, & le dernier certificat de votre amitié pour l'homme du monde qui la cherit le plus, & qui est avec le plus d'attachement & d'estime.

Relation de la Bataille de Petervaradin.

Vienne 21 Août 1717.

MONSIEUR le Prince Eugene
ayant donné 15 jours aux
Turcs pour nous attaquer, & voyant
que le cœur ne leur en difoit rien,
s'eft enfin déterminé d'en faire les
avances. Le 15 à onze heures du
foir il fit fortir fa Cavalerie & fon
Infanterie, & paffa la nuit à les former fous le feu continuel de plus de
cent piéces de Canon. Le 16 à la
pointe du jour il marcha à leurs retranchemens & les emporta l'un après
l'autre, après une réfiftance des plus
opiniâtres que les Turcs ayent jamais faite. Le Combat dura jufques
à une heure après midi : après quoi
les Turcs prirent la fuite de tous
les côtés, laiffant prefque tous leurs
Janiffaires fur le champ de bataille.

Nous avons pris tout leur camp avec
140 piéces de Canons, & leur Chancellerie qu'ils n'ont pas eu le loifir
de fauver. Il paroîtra incroyable que
50 mille hommes ayent pû forcer
une armée de plus de 250 mille,
à couvert de quatre retranchemens,
& après avoir effuyé 15 jours du-
rant une canonade continuelle qui
ne les avoit laiffez en repos ni jour
ni nuit. C'eft un miracle qui n'eft
dû, après l'affiftance Divine, qu'au
bon ordre & à l'intrépidité du chef
& des foldats qui ont combattu ce
jour-là avec autant de concert & de
fang froid que s'il n'avoit été queftion que d'une revue : pas un cava-
lier ni un foldat n'ayant fait un pas
plus que l'autre ; fe refermant tous
après la prife de chaque retranchement, & marchant avec la même
tranquillité qu'à la premiere attaque.
On ne fçait pas encore bien la perte
des Turcs. La nôtre eft de fept mille
hommes tant tués que bleffés. M.

le Prince Eugéne a eu le bras égrati-
gné d'une balle de mousquet qui a tué
derriere lui le cheval de l'Infant de
Portugal. Vous apprendrez par les
nouvelles publiques une infinité d'autres circonstances trop longues à vous
écrire pour le présent. Je vous supplie
de faire part de ceci à notre ami M.
Brossette.

BROSSETTE A ROUSSEAU.

Lyon 13 Septembre 1717.

VOTRE Lettre du 13 d'Août,
qui m'a été rendue depuis peu
de jours, Monsieur, m'a tiré d'inquiétude. M. Mazard est à Paris depuis la fin de Juillet, & je lui ai
envoyé la Lettre que vous lui écri-
vez. Il étoit plus empressé de recevoir de vos nouvelles, que de sçavoir la destinée du paquet qu'il vous
avoit adressé. L'estime que vous

avez pour lui , ne tombe point à faux. Il a de l'efprit , du goût , de la générofité & beaucoup de droiture. Sans fe piquer d'être fçavant , il a acquis beaucoup de con-noiffances par la lecture , & plus encore par le commerce qu'il a avec des gens d'efprit. Il a une bibliothéque fort nombreufe , compofée des meilleurs livres. Il eft curieux en tableaux & en eftampes : en un mot c'eft un négociant qui vit avec beaucoup de nobleffe , & qui peut fervir d'exception à cette maxime de Ciceron : *Nec verò quidquam ingenuum poteft habere officina.* De off. l. 1. in fine.

M. Sudre m'a envoyé une copie de votre lettre , qui contient la relation de la grande & mémorable action de Belgrade. L'année paffée à la fin de la campagne de Hongrie , il n'étoit perfonne en Europe qui n'admirât la conduite & la valeur de M. le Prince Eugéne ; mais après ce qu'il vient de faire, il n'est plus personne qui ose entreprendre de le louer. Hé que pourroit-on dire qui ne fût au-dessous des éloges qu'il mérite, & qui n'affoiblît l'idée qu'on a de ce héros ? Cette entreprise ne seroit pourtant pas au-dessus de vos forces, si vous vouliez vous en donner la peine, & vous le devez peut-être pour un Prince à qui vous devez aujourd'hui tout votre bonheur. Je ne fais que copier les termes dont vous vous êtes servi dans une lettre que vous écrivites il y a trois mois à M. le Résident de Genève, & dont j'ai vû une copie entre les mains de M. le Prévôt des Marchands de Lyon.

Je viens maintenant au grand article de votre derniere lettre, je veux dire vos Remarques sur mon Commentaire. Je ne vous parlerai point du plaisir que vous m'avez fait, ni de la reconnoissance que j'en ai: vous pourrez juger de l'un & de l'autre, par l'ufage que je ferai de vos Obfervations. En voici quelques-unes fur lefquelles je veux m'entretenir avec vous.

Sat. 1. vers 64. Le bon mot que vous m'apprenez fur l'Abbé de la Riviere : *Faites - le valoir encore davantage, afin de le vendre plus cher,* me paroît plus fin que celui qu'on attribue à Mademoifelle : *Vous devez fçavoir ce qu'il valoit, vous l'avez vendu affez fouvent.* Je pourrai mettre l'un & l'autre pour en faire la comparaifon.

Sat. 4. vers 118. Votre Remarque fur le choix des fillabes dans cet hémiftiche : *Sans ceffe à fes oreilles,* me fait fouvenir d'une obfervation que M. Defpréaux me fit faire fur cet endroit du récit épifodique de la Moleffe, dans le Lutrin,

La Moleffe oppreffée
Dans fa bouche à l'inftant fenr fa langue glacée.

où il y a le même choix de filla-

I v

bes , compofées de la lettre *S* , qui
rendent le vers lent & languiffant.
J'en avois fait une Note , mais M.
de la Monnoye me la fit fupprimer ,
difant que c'étoit tout le contraire ,
& que la lettre *S* fe prononçoit avec
un fifflement qui rend le vers rude.
Ne pourrois-je point refaire ma Note , & dire que la prononciation de
ce vers , embaraffée par le concours
fréquent des *S* , exprime l'embaras
de la langue de la Moleffe ? Confeil-
lez-moi là-deffus.

Sat. 7. vers 38. *Ecrira Raumaville*] La Note fuivante que j'ai fupprimée , & que je pourrai rétablir
dans la feconde édition, vous inftrui-
ra du fait que vous ignorez. C'eft
Antoine de Sommaville , Libraire du
Palais. L'Auteur fe vange un peu
févérement d'un démêlé qu'il avoit
eu avec Sommaville au fujet d'un
Livre imparfait que ce Libraire lui
avoit vendu , & qu'il ne voulut pas
reprendre.

Sat. 10. vers 174. *Suivre à front découvert* ʒ..... *& Meſſaline*] M. Deſpréaux a mis un ʒ... pour dépayſer les Lecteurs, comme je l'ai déja dit dans ma Note. Il n'a pas pas mis *Julie & Meſſaline* , parce que ſon deſſein étoit d'indiquer une femme de ſon ſiécle pour en faire l'accolade avec Meſſaline. Il me nomma deux femmes de la Cour, dont les noms rempliſſent le vuide des vers.

Sat. 11. v. 37. *En vain ce miſanthrope.*] Je connois ſi bien l'original de ce Portrait , que c'eſt moi qui ſuis la cauſe innocente que l'auteur le fit. Tandis qu'il travailloit à cette Satire XI. je le voyois tous les jours, & il me la récitoit à meſure qu'il avançoit l'ouvrage : ce qui lui donna lieu de dire que j'étois le Parrein de ſa Satire. C'étoit à la fin de l'année 1698. Un des principaux Seigneurs de la Cour, qui eſt encore vivant, & que vous connoiſſez fort bien (M. le

Maréchal de Villeroy) fut indispo-
fé d'une chûte qu'il fit à Fontaine-
bleau, étant à la chaffe avec le Roi.
Quand il fut en pleine convalefcen-
ce, le Magiftrat que vous fçavez,
vint en robe le féliciter un matin
dans fon lit; & au lieu de lui faire
un compliment, il fe jetta à genoux
devant le lit, & fe profterna baifant
les mains du Convalefcent, avec de
grandes démonftrations de fenfibili-
té. Comme je faifois régulierement
ma Cour à ce Seigneur, j'étois préfent à cette aventure, dont le même jour je fis le récit à M. Defpréaux. Le lendemain fans m'avertir de rien, il me récita le portrait
dont il s'agit, avec les vers qui précédent, & je me fouviens qu'il ap-
puya fort fur le dernier vers :

Et fa vanité brille, &c.

Sat. 12. vers 101 & fuivans. Les
40 vers, dont vous avez donné l'i-

dée à M. Defpréaux, font d'une grande beauté. Ils étoient même néceffaires pour donner à fon fujet toute l'étendue qu'il lui falloit.

Lutrin Chant 4. Remarque fur le vers 165. Quand j'ai dit que l'Abbé Danfe aimoit à l'excès la bonne chere & la propreté, j'ai crû qu'il falloit m'en tenir à cette propofition générale, fans rapporter le détail des faits qui en font la preuve. Je ne fais pas le fait que vous me rapportez ; mais M. Defpréaux m'en avoit appris quantité d'autres, non moins finguliers.

Épigramme 17. Quand M. Defpréaux m'eut envoyé cette Epigramme avec la Lettre dont l'extrait eft dans ma Note, je lui fis en profe la même réponfe que vous lui fites en vers.

Epigramme 24. Puifque vous approuvez les 3 rimes féminines de fuite dans cette Epigramme, je n'oferois les condamner. Vous con-

firmez votre sentiment par les exemples de Voiture , de Sarrazin , de
Chapelle , & de la Fontaine. Mais
permettez-moi de vous dire que s'ils
ont employé plusieurs rimes sembla-
bles de suite , ç'a été dans des récits
en vers libres , comme Epîtres ,
Descriptions , Contes , &c. Mais
vous ne m'en citeriez peut-être pas
un exemple dans des Epigrammes ,
où la versification doit être plus ré-
guliere. Je ne vous dis ceci que par
forme de simple récit , pour vous engager à me dire votre avis , que je
prendrai pour regle.

Epigramme 49. Un des amis , intime de M. Despréaux , qui avoit vû
mourir M. Arnauld , m'a appris toutes les circonstances de sa mort , le
lieu de sa sépulture , & tout le reste ;
mais je n'ai pas crû devoir en parler
dans mon Commentaire.

Je sçavois le bon mot de M. Despréaux sur M. Puymorin , aussi bien
que le trait de M. de la Place. Sça-

vez-vous celui-ci qui n'eſt pas moins réjouiſſant ? Ce Profeſſeur ayant été fait Recteur de l'Univerſité, ſe promenoit gravement dans ſa claſſe, & s'applaudiſſoit en diſant en lui-même, *Ibo, ambulabo per totam civitatem cum chirothecis violaceis, & zona violaceâ.*

Préface page 376. *Des raiſons très-ſecrettes.*] Ces raiſons très-ſecrettes ſont (dites - vous) que M. Deſpréaux penſoit qu'il ne lui étoit plus permis de faire des vers depuis qu'il étoit payé pour travailler à l'Hiſtoire, &c. Si ç'avoit été la véritable raiſon de M. Deſpréaux, elle lui étoit trop glorieuſe pour la cacher, ou du moins pour ne pas l'indiquer, comme il l'a fait dans d'autres endroits où l'occaſion s'en eſt préſentée. D'ailleurs dans le tems auquel il parloit de ces raiſons très-ſecrettes, il n'étoit pas encore nommé pour écrire l'hiſtoire du Roi ; car il ne fut nommé qu'en 1677. & ſon Lutrin parut dès l'année 1674. avec la Préface dont il s'agit. Je laisserai donc ma Note comme elle est, avec d'autant plus de raison que je n'ai fait que rapporter les propres paroles que M. Despréaux m'avoit dites ; & cela me justifie du petit air d'ironie que vous y trouvez.

Suivant votre conseil, je ferai imprimer tout au long les noms qui sont marqués dans le texte avec des étoiles. J'en userai de même pour la plûpart de ceux qui sont marqués dans mes Remarques. Mais j'ai crû devoir garder ces ménagemens dans une premiere édition.

J'ai vû avec chagrin que vous n'avez fait aucunes corrections sur le stile & sur la diction. Vous aurez la bonté de réparer tout cela dans la premiere lettre dont vous m'honorerez.

ROUSSEAU A BROSSETTE.

Vienne 5 Octobre 1717.

IL y a huit jours, M. que votre lettre du 13 Septembre est arrivée ici ; mais j'étois à la campagne, & je n'en suis revenu que pour y retourner bien-tôt , en attendant l'arrivée de M. le Prince Eugéne, qui ne sera ici qu'à la fin du mois. Vous aurez entendu parler des suites magnifiques qu'a eue sa derniere victoire. La prise de Belgrade , de Semendria & d'Orsova , qui est un poste aussi important que Belgrade : tout cela s'est fait pendant que son armée affoiblie par le fléau de la maladie , s'est reposée dans le camp de Semlin. On travailla à rétablir & à repeupler Belgrade , & il y a déja plus de dix-huit mille , tant Rasciens que Grecs , qui sont venus y acheter des habitations.

Les réflexions que vous faites fur les Remarques que je vous ai envoyées font très - judicieufes ; & comme il n'y a pas eu plus de vanité que de flaterie dans les miennes, je ne ferai nullement jaloux de l'ufage que vous en pourrez faire. Je defavouerai celles que vous rejetterez , & les autres deviendront votre bien par l'adoption que vous en voudrez bien faire. Ainfi, M. fuppofé que vous y trouviez quelque ehofe de raifonnable , je vous conjure bien férieufement de ne m'en point faire honneur. Cependant puifque vous me demandez mon avis fur quelques-unes des obfervations qui font dans votre lettre , voici naturellement ce que j'en penfe.

10. Je vous confeille de donner votre Note fur les deux vers du récit de la Moleffe , telle que vous l'avez refaite : elle eft plus jufte que celle de M. de la Monnoye. Ce ne font point les (s) qui rendent les

vers lents & languiffants ; ce font les (ll). Mais je ne fçai fi l'auteur a mis toutes ces (ss) exprès comme dans l'hémiftiche de la quatriéme Satire (*fans ceffe à fes oreilles*) où il lui étoit aifé de mettre *toûjours* , au lieu de *fans ceffe* ; s'il n'avoit pas cherché exprès à marquer le fifflement que je vous ai dit.

2°. Je trouve comme vous , un peu févére le châtiment de l'Auteur à l'égard de Sommaville. Je crois pourtant que vous ne ferez point mal de rétablir le nom & la note : toute friponnerie mérite punition.

3°. Je n'approuve point l'accolade que M. Defpréaux vouloit faire d'une femme de fon fiécle avec Meffaline , & d'autant moins qu'il n'a ofé la faire , & qu'il a eftropié fon vers par un nom en blanc. Celui de Julie étoit fort jufte , & exprimoit fa penfée , fans offenfer perfonne. J'ai eu plufieurs fois envie de lui en parler , & je l'ai toujours oublié.

4°. Je ne vous ai rapporté la plaifanterie de l'Auteur à l'Abbé Danfe,
que comme un fait qui m'étoit revenu en mémoire, & dont vous pouviez égayer votre Remarque ; mais
il n'y a nulle néceffité de le rapporter.

A l'égard de l'Epigramme 17, la
penfée qui me vint en l'entendant
réciter, eft une plaifanterie, & c'eft
tout. Mais celle de M. Defpréaux
eft beaucoup meilleure, en ce qu'elle
renferme une morale avec un ridicule : ainfi il n'y a nul parallele à faire
entre l'une & l'autre.

Les trois rimes de fuite, foit féminines, foit mafculines, s'em-
ploient fouvent dans des vers de mefure égale ; & loin que ce foit une
licence, elles font fouvent une beauté.
J'en prends à témoin tous ceux qui
ont de l'oreille. Il eft vrai que je ne
me fouviens pas qu'il y en ait des
exemples dans les Epigrammes; mais
fi c'étoit une faute dans ce petit

Poëme , c'en feroit une auffi dans tous les autres : la longueur d'un ouvrage n'étant jamais une excufe pour le défaut de correction.

. Je ne vois pas que le détail des circonftances de la mort de M. Arnauld, ni le lieu de fa fépulture puiffe faire tort, ni à lui ni à perfonne. On eft bien aife d'apprendre tout ce qui regarde les grands hommes, & vous donneriez par-là l'intelligence entiere des plus beaux vers que M. Defpréaux ait jamais faits.

Je finis par ce que vous me marquez fur mon objection touchant les *raifons fecrettes* que M. Defpréaux avoit eues de ne pas publier fes deux derniers chants du Lutrin. J'avoue que la raifon que j'en donne ne vaut rien , s'il eft vrai que M. Defpréaux n'ait été choifi pour Hiftoriographe du Roi , que trois ans après la publication des quatre premiers chants ; mais il pouvoit y en avoir d'autres , comme la crainte de bleffer la déli-

cateſſe du P. P. de Lamoignon, eñ
le faiſant intervenir dans une action
auſſi comique que celle de ſon Poëme ; & celle de s'attirer tout le corps
de la ſainte Chapelle ſur les bras,
en la déſignant auſſi clairement qu'elle l'eſt dans ces deux derniers chants,
dont il y a lieu de croire que le plan,
au moins, étoit déja fait. Quoi qu'il
en ſoit , j'aimerois mieux imaginer
toute autre choſe, que de ſoupçonner
un homme comme M. Deſpréaux de
faire un menſonge au Public.

Voilà , Monſieur , tout ce que
j'ai à vous dire ſur vos reflexions.
Si je n'ai fait aucune correction ſur
le ſtile & ſur la diction de vos Remarques, c'eſt que je n'en ai point
trouvé à faire , & que ſi j'avois à
écrire dans le même genre , je ne
demanderois autre choſe que de pouvoir attraper l'air naïf & la conci-
ſion avec laquelle vous vous êtes
exprimé par - tout. Je ne vous dis
point ceci par compliment & ſi je

ne le penfois point , je ne vous le dirois certainement pas. Je crois qu'il eft d'un malhonnête homme de tromper fes amis , & je ne connois point de façon plus dangereufe de tromper , que celle de louer ce qui ne mérite point de louanges. Vous jugerez par ma fincérité en cela de la foi que vous devez avoir aux affûrances que je vous donne de la paffion véritable , & de l'attachement avec lequel je fuis , Monfieur.

Au refte, vous me dites bien que vous ferez imprimer la differtation de M. Huet fur les paralléles , & ce fera fort bien fait ; mais vous ne me parlez point du retranchement de fa pitoyable differtation fur le paffage de Longin ; & l'un me paroît encore plus néceffaire que l'autre. Pour celle de M. le Clerc , vous pourriez la laiffer , parce qu'ayant été pris à partie avec affez de vivacité , le Lecteur peut avoir la curiofité de voir comment un homme de fa réputation s'y prend pour fe défendre.

M. SUDRE A M. BROSSETTE.

Contenant l'extrait d'une Lettre
de M. Rousseau.

A Genéve le 20 Octobre 1717.

MONSIEUR, J'avois excité M.
Rousseau à vous faire voir quelque chose de sa façon sur les grandes
victoires de S. A. le Prince Eugéne.
Il vous écrit aussi un mot en réponse
sur ce sujet. Il m'écrit à moi fort
agréablement, à son ordinaire; « qu'il
» ne trouve aucune facilité dans son
» génie pour les grandes choses, mais
» seulement quelque ressource pour
» les petites; qu'il est aisé d'embellir
» ce qui est médiocre, mais presque
» impossible de toucher à ce qui est
» parfait, sans le ternir; que les véri-
» tables beautés ne souffrent point
» d'ornement; qu'on ne peut ha-
» biller la Vénus de Praxitele, sans
» lui

» lui faire tort, ni chanter le paſſage
» du Danube, la priſe de Belgrade ,
» la défaite de deux cens mille Turcs
» par trente-deux mille hommes, ſans
» faire perdre quelque choſe à ces vé-
» rités plus ſurprenantes que toutes
» les fictions ; que d'ailleurs il y a
» des circonſtances qu'on ne peut
» taire , ni décrire , ſans s'embar-
» quer dans une carriere qui ne fini-
» roit plus ; qu'il a évité tous ces
» écueils, en faiſant comme Virgile,
» qui ne parle jamais d'Auguſte qu'à
» l'occaſion de quelque autre choſe ,
» & qui par-là ne s'engage qu'autant
» qu'il lui plaît ; qu'on ſe tire tou-
» jours mieux d'affaire quand on ne
» promet rien ; & que ce que le
» Lecteur regardoit comme une det-
» te , devient alors une pure libéra-
» lité. Bref, que je verrai en tems &
» lieu de quelle maniere il a éludé la
» difficulté , comptant de faire im-
» primer bientôt tous ſes ouvrages,

Tome II.   K

» fans pouvoir m'affurer encore quand
» ce fera.

J'ai l'honneur d'être, Monfieur,
votre, &c.

S U D R E.

BROSSETTE A ROUSSEAU.
Lyon 25 Décembre 1717.

L E féjour que j'ai fait à la campagne pendant deux mois , &
les occupations continuelles que j'y
ai eues, Monfieur , m'ont empêché
de vous écrire. S'il n'étoit queftion
que de vous faire un fimple billet
pour vous donner des marques de
mon fouvenir , il n'y auroit à cela
ni grande peine ni grand mérite :
mais quand on s'avife d'envoyer des
lettres à un homme comme vous, &
dans un pays éloigné, il faut tâcher
bien ou mal de les remplir de quelque chofe ; c'eft juftement ce qui

m'embaraſſe aujourd'hui , n'ayant preſque rien à vous mander qui mérite d'être écrit, ni d'être lû. Jamais la Littérature ne fut négligée au point qu'elle l'eſt : voici tout ce que je ſçais.

M. Dacier vient de faire un programme pour faire imprimer par ſouſcriptions les Vies de Plutarque en François avec des Remarques de ſa façon. Il y aura huit volumes *in-quarto*. Ce programme contient un Eſſai de l'ouvrage imprimé, qui ne donne pas un grand avant-goût pour le reſte. Cependant il ne peut manquer d'y avoir beaucoup de bonnes choſes dans un Livre comme celui-là.

Les Mémoires de l'Académie des Bellés-Lettres feront bientôt finis, & je crois qu'ils feront agréablement reçus. M. de Boze Sécrétaire de cette Académie eſt l'auteur des Mémoires. Ceux du cardinal de Retz font lûs avec une avidité incroyable. On

en a déja fait 4. éditions à Paris ; &
on en fait actuellement une à Lyon.
Les Journaux de Trévoux font interrompus depuis le mois d'Août
dernier. M. de la Monnoye finit fes
Notes grammaticales & critiques fur
les poëfies de Mélin S. Gelais.
Bien des gens m'invitent de publier
un Commentaire que j'ai fait depuis
long-tems fur les Satires du bon Regnier. C'eft un pays où j'ai fait des
découvertes affez fingulieres , & j'ai
été inftruit particulierement de fa
vie , de fa mort , de fes mœurs , de
fa fortune , &c. par les papiers mêmes de fa Famille. Je m'étois effayé
fur cet Auteur avant que de travailler à mon Commentaire fur Boileau.

Regnierum dederam : invidit Bojœus. At ifte
Cur ab eo poft hac invideatur , habet.

Il ne manque plus que la derniere
main à mon ouvrage : mais il faudroit
avoir un peu plus de loifir que je
n'en ai.

M. l'Abbé d'Olivet acheve une traduction du traité *De Natura Deorum*, avec des Notes ; & avant que de la publier, il doit m'envoyer son manuscrit. Notre Académie de Lion avoit entrepris la même tâche sous les ordres & sous la direction de l'illustre Prélat qui en est le protecteur. Mais après en avoir fait quelque chose, nous avons reconnu qu'un travail de cette espéce ne pouvoit être bien fait par une Compagnie, & nous avons tout abandonné. Je puis répondre par avance que celui de M. l'abbé d'Olivet sera excellent : le mérite de l'auteur en répond. L'impression du grand ouvrage du Pere de Monfaucon, sur les Antiquités Grecques & Romaines , s'avance beaucoup. Je finis tous ces menus articles par une Epigramme qu'on m'a envoyée de Paris tout nouvellement.

Dans les Fables de la Fontaine
Tout est naïf, simple & sans fard.

On n'y voit ni travail ni peine,
Et le facile en fait tout l'art.
En un mot dans ce froid ouvrage,
Dépourvû d'efprit & de fel,
Chaque Animal tient un langage
Trop conforme à fon Naturel.
    Dans la Motte Houdart aucontraire,
Oifillons, Quadrupede, Homme, Infecte, Poiffon;
    Tout prend un noble caractere
    Et s'exprime du même ton.
    Enfin par fon fublime organe
    Les animaux parlent fi bien,
    Que dans Houdart fouvent un Afne
    Raifonne en Académicien.

Dans votre derniere lettre vous avez infiflé à foutenir que trois rimes de fuite fe pouvoient employer dans des vers de mefure égale ; & même dans l'Epigramme. Je ne croyois pas qu'on en pût trouver des exemples dans l'Epigramme, ou dans le Madrigal. Cependant comme je ne difpute jamais que pour chercher la vérité, & que j'en conviens avec plaifir quand on me l'a montrée ;

voici une Epigramme qui contient
trois rimes féminines & trois mas-
culines tout de fuite , & dans laquelle ces mêmes rimes m'ont paru
être tournées en grace , bien loin
d'y être vicieuses : ce qui confirme
à merveille votre jugement. L'Epigramme eſt de Mademoiſelle de Scu-
dery à M. Conrard qui lui avoit
donné un cachet.

    Pour mériter un cachet ſi joli ,
    Si bien gravé , ſi brillant , ſi poli,
    Il faudroit avoir , ce me ſemble,
    Quelque joli ſecret enſemble :
    Car enfin les jolis cachets
    Demandent de jolis ſecrets ,
    Ou du moins de jolis billets.
    Mais comme je n'en ſais point faire ,
    Que je n'ai rien qu'il faille taire,
    Ni qui mérite aucun miſtere,
    Il faut vous dire ſeulement ,
    Que vous donnez ſi galamment,
    Qu'on ne peut ſe défendre
De vous donner ſon cœur , ou de le laiſſer prendre.

Suivant votre conſeil je marque-

rai le lieu de la mort & de la fépul-.
ture de M. Arnauld, afin d'éclaircir
entierement des vers que vous avez
raifon de mettre au rang des plus
beaux que M. Defpréaux ait jamais
faits.

J'ajouterai à ma note , touchant
les *raifons fecrettes* qu'il avoit eues de
ne pas publier les deux derniers
chants du Lutrin, j'ajouterai, dis-je,
qu'il craignoit de s'attirer fur les bras
tout le corps de la fainte Chapelle, en
la défignant auffi clairement qu'elle l'eft
dans ces deux derniers Chants , &c.
Cette addition que vous me fugge-
rez confervera toutes les bienféances.
Je tâcherai auffi de les conferver touchant les differtations de M. Huet
& de M. le Clerc, fur lefquelles je
ferai main baffe : mais je réduirai les
principales objections en notes, qui
feront placées fous le Texte de M.
Defpréaux.

ROUSSEAU A BROSSETTE.

Vienne le 25 Janvier 1718.

VOs Lettres, M. n'ont besoin d'aucun secours étranger pour se faire lire avec plaisir ; & la stérilité des nouvelles ne rend pas ma recolte moins abondante. J'attendois avec inquiétude celle que vous m'avez fait l'honneur de m'écrire du 25 Décembre, dans la crainte que quelque indisposition ne fût la cause de son retardement ; mais mon appréhension a été agréablement dissipée en la recevant. Le seul regret que j'aye est de profiter tout seul du commerce que nous avons ensemble, & de négocier avec vous à la maniere des Européens qui trafiquent dans les Indes. Je pourrai quelque jour me rapprocher du voisinage des Muses, & alors je serai plus en état de m'acquitter. Je n'at-

K v

tends que ce moment pour faire
travailler à l'édition de mes Ouvrages, qui eft toute prête depuis plus
d'un an. Mais je ne puis encore fçavoir quand il fera permis de faire le
voyage qui doit fixer mes courfes &
ma fortune , & m'établir en lieu où
je pourrai vous rendre nouvelles pour
nouvelles.

J'ai déja vû il y a long-tems le
programme que M. Dacier a publié,
& cet effai ne m'a pas donné une
plus grande idée qu'à vous. Je fouhaite qu'il réuffiffe mieux que le *Traducteur de François d'Amiot* ; mais le
premier volume qu'il a donné, il y
a déja plufieurs années , ne promet
pas une grande réuffite pour les autres , & ne donne pas une grande
curiofité. J'en ai beaucoup de voir
les Mémoires du cardinal de Retz, qui
doivent être excellens , s'ils font véritablement de ce Prélat, le plus bel
efprit & le plus intriguant de fon fiécle. Vous me ferez un fenfible plai-

fir de me les envoyer lorfque l'édition en fera achevée. Je fuis très-fur-
pris de n'en avoir point oüi parler
en ce pays-ci, & encore plus qu'ils
foient demeurés cachés depuis le
tems que ce Cardinal eft mort. Je
croirois volontiers qu'il ne le a jamais écrits, fes occupations pendant
qu'il a été dans l'intrigue , & fa dé-
votion depuis fa retraite , me pa-
roiffant peu compatibles avec un travail comme celui-là. Mais ils pourroient fort bien être de l'Abbé de
Caumartin , dont le pere , qui étoit
dans l'intime confidence du Coadjuteur , lui a laiffé tout ce qu'il faut
pour faire de très-excellens mémoires de la Minorité.

Je ne puis trop vous exhorter à
mettre la derniere main au Commentaire que vous avez fait fur les
Satires de Regnier. C'eft un Poëte
excellent que vous ferez revivre : &
notre Langue, qui a un Horace en
Defpréaux, regagnera un Lucile en

Regnier , lorſque vous le ferez re-
naître avec les avantages qu'il tirera
de vos éclairciſſemens. Il eſt bien
plus digne du travail d'un Critique
que Mélin de Saint Gélais , dont
les Poëſies ſont faſtidieuſes à la mort,
à dix ou douze Epigrammes près ,
qui ſont véritablement excellentes ;
mais qui n'ont nul beſoin de Commentaire. L'honneur que lui fait M.
de la Monnoye , doit faire envie à
Regnier : mais ſi vous daignez faire
le même honneur à celui-ci ,

Cur ab eo poſt hac invideatur , habet.

Je ſuis perſuadé , comme vous ,
qu'il ne ſçauroit rien ſortir que de
très-bon de la main de M. l'Abbé
d'Olivet. Je n'ai vû de lui que les
lettres qu'il m'a fait l'honneur de
m'écrire ; mais c'en eſt aſſez pour
juger de la maniere dont il ſçait ma-
nier ſa Langue. Il ne pouvoit la faire parler à Ciceron dans un ouvrage
plus curieux que celui qu'il a choiſi ;

& les excellentes chofes qui y font, lui donneront lieu d'en dire encore de meilleures dans fes notes, qu'il peut étendre tant qu'il lui plaira, fans courir rifque d'ennuyer : la Théologie, la Philofophie, & la Critique lui ouvrant dans ce feul Traité le champ le plus fpacieux qui fe puiffe trouver dans toute l'Antiquité. Je vous prie, M. de vouloir bien lui faire mille complimens de ma part.

. Je ne connois que trois ou quatre Fables de la Motte, qui m'ont été envoyées par diftinction comme les meilleures, & que j'ai trouvées très-dignes de l'Epigramme que vous m'avez envoyée. Je ne fçai fi elle ne feroit point de l'Abbé de Chaulieu. Je la trouve tout-à-fait dans fon caractere. La penfée en eft fort jolie ; mais c'eft dommage qu'il ait été obligé de fe fervir du mot *d'Académicien,* qui ne fçauroit bien aller en vers, & qui par-deffus le marché, eft de

fix fillabes. Les vers d'ailleurs en font
bien tournés, & fur-tout les quatre
premiers qui font excellens : mais
je voudrois retrancher les quatre fuivans, parce qu'ils tournent trop
court à une ironie que l'on ne fent
pas d'abord, & qui n'eft point préparée. L'Epigramme en feroit plus
courte & plus débarraffée, & je voudrois auffi refaire le dixiéme vers de
la mefure des autres. Je ne fçai fi
vous ne la trouverez point plus lé-
gére de la maniere fuivante :

> Dans les Fables de la Fontaine,
> Tout eft naïf, fimple & fans fard.
> On n'y fent ni travail, ni peine,
> Et le facile en fait tout l'art.
> Dans la Motte Houdart au contraire,
> Quadrupede, infecte, poiffon,
> Tout prend un noble caractere,
> Et s'exprime du même ton.
> Enfin par fon fublime organe
> Les animaux parlent fi bien,
> Que dans Houdart fouvent un Afne
> Eft un Académicien.

Au reſte, j'ai preſque honte d'a-
voir eu raiſon ſur les trois rimes de
l'Epigramme de M. Deſpréaux, par
la maniere noble & généreuſe dont
vous vous condamnez vous-même.
J'aurois eu de la peine à trouver l'é-
xemple que vous m'alleguez contre vous. Je ne ſçai s'il n'y en a
point quelqu'un dans les petits vers
du voyage de Chapelle. Je n'avois
d'autre caution que mon oreille,
& qu'un certain plaiſir de ſurpriſe
que donnent ces ſortes de licence,
lorſqu'on les ſçait employer à propos. Je me rends à mon goût, puiſque vous vous rendez, & que vous
voulez bien me guérir du ſcrupule
que j'avois d'être d'une autre opinion que vous.

BROSSETTE A ROUSSEAU.

Lyon 28 Février 1718.

J'ADRESSE pour vous, M. à notre ami M. Sudre un exemplaire des Mémoires du cardinal de Retz. Ils font écrits avec une force & une profondeur qni expriment bien le caractere de fon efprit. O le terrible. homme que ce Coadjuteur! fon livre me rend ligueur, frondeur, & prefque féditieux par contagion, moi qui fuis ennemi de toute cabale. On m'a dit que le Manufcrit original étoit entre les mains de Madame la Princeffe de Conti Douairiere, qui l'avoit prêté à la jeune Princeffe du même nom, & que celle-ci en avoit fait tirer une copie, fur laquelle on en avoit pris d'autres, avec les Lacunes que vous trouverez au commencement. C'eft un Eccléfiaftique de mes amis qui a fait l'abrégé de la vie du Cardinal, laquelle eft imprimée à la tête du premier volume.

Il y a quelques jours que je reçus une lettre de M. l'abbé d'Olivet notre ami, qui eft depuis deux ou trois mois à Marcilly, près de Nogent fur Seine.» Quand vous écrirez à M. Rouf-
» feau, me dit-il, faites-moi l'ami-
» tié de lui marquer que fon nom
» retentit fouvent dans la parc de
» Marcilly. Non-feulement fes ou-
» vrages font nos lectures ordinai-
» res, mais le mérite de fon cœur
» eft célébré à tout moment par
» Madame la Marquife de Villette.
» La douleur que lui a caufé la mort
» de fon fils unique ne lui permet pas
» d'oublier ce que M. Rouffeau a
» fait pour lui en Allemagne. Il ajoute que cette Dame a plufieurs de vos Lettres dont il me réferve des copies, & il finit par une peinture gracieufe de la vie qu'il mene

dans ce réduit. Il fait à peu près le même fouhait que je vous ai vû faire dans une lettre à M. de la Clofure, où vous dites fort fenfément , *qu'il faudroit pour nous rendre tous heureux en ce monde , qu'il y eût une ville exprès pour les honnêtes gens , & que la difperfion ne fût permife qu'au commun des hommes.*

Les notes de M. de la Monnoyé fur Mélin de S. Gélais font entierement achevées : mais felon ce que m'écrit M. de Lutel , un de fes meilleurs amis , les notes l'emportent de beaucoup fur l'original , qui eft augmenté de plus de mille vers , tant Latins que François , recueillis de bons manufcrits , & fort fûrs.

A l'égard de mes notes fur Regnier , tant de gens me les demandent , que je me réfoudrai peut-être à les mettre en état de voir le jour. Ce que vous m'en dites , M. feroit feul capable de m'y déterminer : mais il ne faut pas s'attendre à des Remar-

ques auffi étendues, ni auffi hifto-
riques, que celles que j'ai faites fur
Boileau : la raifon en eft fort claire.

L'Epigramme que vous m'avez
renvoyée fur les Fables de M. de la
Motte, eft devenue fort jolie & fort
jufte entre vos mains : car l'ironie
qu'elle contenoit n'étoit ni préparée,
ni amenée. Ce Poëte ne laiffe pas de
faire imprimer fes Fables avec des
planches gravées par Gilot, & cette
impreffion fe fait auffi par foufcrip-
tions, comme d'un ouvrage d'importance : ce qui a donné lieu à l'E-
pigramme fuivante, qui vraifemblablement eft du même attelier que la
premiere.

Quand le graveur Gilot & le poëte Houdart,
Pour illuftrer la Fable, auront mis tout leur art,
C'eft une vérité très-fûre,
Que le poëte Houdart & le graveur Gilot,
En fait de vers & de gravûre
Nous feront regretter la Fontaine & Calot.

Tout le monde eft étonné des
grands coups que l'on vient de por-

ter à la Cour. Vous fçavez apparemment, fuivant le bruit public,
la réponfe que Monfieur Daguef-
feau écrivit au Prince Régent,
quand il reçut l'ordre de remettre les
Sceaux : *Je n'avois pas mérité l'honneur qu'on m'a fait en me donnant les
Sceaux, & j'ai encore moins mérité l'a-
front que l'on me fait en me les ôtant.*
Qu'auroient pû répondre en pareil
cas les Ariftides, les Phocions, & les
Fabrices ? Vous avez auffi oüi parler des Remontrances que M. le premier Préfident a faites fur les affaires
préfentes. On ne fçait quel effet cela produira. Le Quatrain fuivant vous
apprendra ce que l'on en croit.

L'autre jour à l'Echo je demandai comment
Tournera le Gouvernement
Après le beau difcours du Préfident de Même.
L'Echo me répondit : De même.

Votre lettre me fait comprendre
que vous efpérez de changer bien-
tôt de fituation. Sans vouloir péné-

trer dans vos secrets , je vous affûre
que perfonne ne s'intéreffe plus fincérement que moi à tout ce qui peut
vous arriver de bon & d'utile. Mais
cette tranfmigration ne retardera-t-
elle point l'impreffion de vos ouvrages, que toute l'Europe attend ? Pour
moi je confens de bon cœur , que
l'impreffion en foit retardée , pourvû
que votre fortune en foit avancée.

ROUSSEAU,

A M. L. M. DE VILLETTE.

Cette Lettre fut remife à Broffette
par M. l'Abbé d'Olivet.

Soleure 23 Octobre 1714.

J'ETOIS déja hors d'inquiétude ,
Madame, fur votre maladie : la
Lettre que vous m'avez fait l'hon-
neur de m'écrire a achevé de les dif-

fiper, en me guériffant de la peur
des Médecins. Puifque vous en êtes
délivrée, je ne doute plus du retour
prochain de votre fanté : la nature
eft plus habile qu'eux , & Dieu
merci elle a pris trop de foin à vous
former, pour ne pas veiller à la con-
fervation de fon ouvrage. C'eft à
vos amis à la feconder, en vous te-
nant bonne compagnie : & s'ils font
dignes de l'être, je fuis fûr de leur
affiduité. On eft payé avec ufure de
celle qu'on vous rend , & l'ennui
n'a jamais eu de plus mortelle en-
nemie que vous. J'en pourrois prendre à témoin tout ce que nous fommes à Soleure ; & fi Dieu vous avoit
fait naître pour y demeurer , je ne
fongerois guères à retourner au Pays
où vous êtes.

Il eft vrai que mes amis voudroient
me rendre l'efpérance de les y revoir
un jour, & ils me font croire qu'ils
y travaillent, fans me dire comment ;
mais la maniere dont je penfe, rend

la chofe plus difficile peut-être qu'ils ne fe l'imaginent : un rappel pur & fimple n'eft nullement de mon goût, & je ne connois pour rentrer en France d'autre portè que celle que m'ouvrira la loi du Talion. Cela ne feroit pas impoffible, fi l'autorité vouloit fe réconcilier avec la juftice, & fi les honnêtes gens étoient auffi hardis à publier la vérité, que les fcélérats le font à débiter le menfonge. Si vous étiez, Madame, auffi proche de l'oreille des Rois, que l'ont été mes ennemis, la quenouille que vous m'offrez feroit une maffue plus forte que celle d'Hercule, & les monftres ne tiendroient pas longtems devant elle. Mais malheureufement ceux qui les haïffent le plus ne font pas les plus courageux à les combattre ; parce qu'on ne fçauroit fe mettre en tête que le crime n'eft redoutable qu'à ceux qui le ménagent.

. . . .

ROUSSEAU A BROSSETTE,

Vienne 26 Mars 1718.

JE reçois en ce moment pour ainsi dire, Monfieur, la lettre que
vous m'avez fait l'honneur de m'é-
crire du 28 du mois paffé. Elle m'a
été rendue à table chez M. le comte de Bonneval, & elle nous y a fait
refter une demie heure plus long-
tems que nous n'aurions fait.

L'Epigramme que vous avez in-
férée dans votre lettre, a été apprife
par cœur de tous les convives, & véritablement on ne peut rien de plus
heureufement écrit. Il femble que les
noms de Houdart & de Gilot ayent
été faits exprès pour la rendre plus
comique, & elle eft tournée avec
un art & une juftefse qui donne à la
penfée un brillant qu'elle n'auroit
point d'elle-même. Je ne voudrois
point d'autre exemple pour montrer
l'erreur

l'erreur de celui qui a fait le livre de *la maniere de bien penfer*, quand il nous pofe pour principe, qu'une belle chofe eft celle qui conferve fa beauté dans toutes les langues.

Je vous dois de nouveaux remer-cimens pour les Mémoires du cardinal de Retz, & je vous fupplie de m'en écrire le prix, afin que je l'a-joute à la lettre de change que je vous envoyerai pour le livre des An-tiquités. Je ferai très-aife d'avoir ces Mémoires, que l'on m'a prêtés il y a une quinzaine de jours, & que j'ai lûs d'un bout à l'autre, avec plus de curiofité, je vous l'avoue, que de fatisfaction. C'eft un falmigondis de bonnes & de mauvaifes chofes, écrites tantôt bien, tantôt mal, en-tremêlées de beaucoup de particu-larités curieufes, mais d'un bien plus grand nombre de détails peu in-téreffans & fort ennuyeux. Le pre-mier tome eft femé de quantité de traits fort jolis, & de penfées très-

Tome II.   L

folides , à propos de bagatelles ; &
les autres ne font prefque rien que
du verbiage , à propos de chofes fé-
rieufes. L'impreffion que l'on m'a
prêtée eft très-fautive , mais l'obfcurité en beaucoup d'endroits vient
plus de l'Auteur que de l'Imprimeur.
Ce qui m'en étonne le plus c'eft de
voir qu'un Cardinal , Prêtre , Archevêque , homme de qualité , &
affez âgé , puiffe fe repréfenter lui-
même comme il le fait dans le premier volume , duellifte , concubi-
naire , & qui pis eft , hypocrite de
deffein formé , ayant pris la réfolution dans une retraite faite au Sé-
minaire , d'être méchant devant
Dieu , & honnête homme devant
le monde. C'eft ce qu'il femble avoir
oublié dans le refte du livre , où je
lui vois des fcrupules d'honneur , qui
gâtent fouvent fes affaires. En un
mot il me paroît que cet homme né-
toit ni affez bon pour un citoyen ni
affez méchant pour un factieux. On

diroit que les derniers volumes ne font pas de la même main que le premier. Avec tout cela je fuis perfuadé qu'ils font effectivement du cardinal de Retz. M. le Prince Eugéne en a depuis affez long-tems un exemplaire manufcrit. Tels qu'ils font, c'eft un livre à avoir, & je vous fuis très-obligé, Monfieur, de l'exactitude que vous avez eue à me l'envoyer.

Je fuis très-aife pour M. l'abbé d'Olivet qu'il foit ami de Madame la Marquife de Villette, & très-aife pour Madame de Villette, qu'elle foit amie de M. d'Olivet. Ses Lettres & votre approbation m'ont donné une très-grande idée de fon mérite. Celui de Madame de Villette eft au-deffus même de mes idées, & je n'ai jamais vû en perfonne tant d'élévation dans les fentimens, tant de courage dans l'efprit, & tant d'agrément dans l'imagination. Une feule de ces qualités feroit une hé-

roïne. Ajoutez-y les graces du monde les plus nobles, & toute la foli-
dité poſſible pour ſes amis, & vous
conviendrez que je n'ai pas tort d'en
faire la mienne.

Je ne puis finir cette lettre ſans
vous confier un amuſement que je me
ſuis fait depuis un mois. Je mets en
vers la Comédie du Flateur, & j'en
ſuis au cinquiéme Acte, que j'eſpére
finir dans huit jours. Elle en ſera
beaucoup plus ſoutenue, & le ſujet
demandoit autre choſe que de la proſe ; mais quand je la donnai au Public, j'étois trop jeune & trop timi-
de pour entreprendre un ouvrage de
deux mille vers. J'en ai déja fait dix-
ſept cens bien comptés.

J'eſpére aller aux Pays-Bas après
la campagne de Hongrie. J'y ferois
actuellement ſi M. le Prince Eugéne
avoit pû faire ce voyage comme il le
croyoit. Ce ſera là que je ferai imprimer mon édition en un volume
in-4°. & en trois *in*-12. Je ſuis, &c.

BROSSETTE A ROUSSEAU.

Lyon   Mai 1718.

L'ON acheve ici, M. l'impreſſion
des Mémoires de M. Joli, Sécrétaire de M. le cardinal de Retz. C'eſt
une ſuite des Mémoires de ce Cardinal. Si vous ſouhaitez que je vous les
envoie, vous n'avez qu'à dire un mot.
Mais vous me faites injure de me
propoſer le rembourſement de ces
bagatelles : n'en ſuis-je pas aſſez bien
payé par le plaiſir que j'ai de vous
les offrir? Vous avez exprimé à merveille le caractere du Coadjuteur &
de ſes Mémoires : je ne puis rien
vous dire de ceux de ſon Sécrétaire,
parce que je ne les ai point encore
lûs.

Voici l'Extrait d'une relation qui
a donné lieu à divers raiſonnemens :
lé Fait a paru fort extraordinaire.

Madelaine Morin , * de la paroiſſe
de Courſon , Diocèſe de Lizieux ,
âgée de 22 ans , ayant eu quelque
démêlé avec une voiſine accuſée de
pluſieurs maléfices , pour leſquels
elle eſt actuellement dans les priſons
d'Orbec avec ſon mari , en fut mena-
cée , à ce qu'elle dit , en ces termes :
*Autant de paroles que je te dirai, ce
ſeront autant de Diables qui t'entreront
dans le corps.* Cette fille fut auſſi-tôt
ſaiſie de violentes douleurs , & de
ſoulevémens d'eſtomach : depuis ce
tems-là elle a été près de deux ans à
ne pouvoir manger que des fruits ,
& à ne boire que de l'eau. Elle a
été pluſieurs fois réduite à l'extrê-
mité par des accidens ſurprenans ,
ayant jetté par la bouche des chenilles vivantes , dont la derniere étoit
de la groſſeur d'un petit doigt , & un
lezard tout vivant. Le 22 Juin 1716 ,
elle fut encore maltraitée à coups de

* Journal de Trevoux Novemb. 1717.
pag. 1784.

bâton par la même femme, & le 10 de Juillet un Chirurgien appellé pour de grandes douleurs de tête dont elle se plaignoit, trouva à l'endroit de la contuſion cauſée par un des coups de bâton, quelque apparence de corps étrangers, & ayant fait trois inci-ſions, il en tira une aiguille & deux épingles. Le 22 du même mois ayant fait huit inciſions ſur le bras gauche, où elle reſſentoit de grandes douleurs, il en tira ſept épingles & une aiguille. Le 10 de Septembre, il tira ſix épin-gles du ſein gauche : le 28 il en tira trois ſur les fauſſes côtes ; le 3 de Novembre il en tira huit de la cuiſſe, & de la jambe du même côté.

Cet évenement ayant fait du bruit, on voulut s'éclaircir du fait, & pour éviter toute ſurpriſe, on fit porter cette fille dans l'hôpital de Lizieux : on fit ôter de deſſus elle tous ſes habits, on lui en donna d'au-tres, on la mit à la garde de deux ſœurs qui l'ont obſervée jour & nuit.

L iv

fans la perdre de vue ; & tous les
jours plufieurs médecins la vifitoient.
Mais toutes ces précautions n'ont
pas empêché qu'il n'ait paru de jour
à autres , d'autres épingles & d'autres aiguilles qui ont été tirées de
divers endroits du corps , en pré-
fence d'une infinité de perfonnes.
Elle a même vomi par la bouche 62
épingles & une aiguille. Les épingles
que l'on a tirées font toutes fans tête :
les unes de fer , les autres de léton ,
de différentes groffeurs , toutes coupées aparemment avec des cizeaux ;
& les aiguilles font coupées au commencement de leur fente. Il eft furprenant que de plus de 52 épingles
qu'on a tirées , il n'y en ait pas deux
qui ayent pris la même route , & plus
furprenant encore , que de ce grand
nombre d'aiguilles & d'épingles qui
ont pénétré & traverfé en tous fens
les mufcles , & particulierement les
glandes du fein , il n'y en a aucune qui ait piqué le moindre vaif-

feau, ni fait aucun épanchement de liqueurs dans les parties , de forte qu'à l'incifion près , elles ont paru, auffi faines avant & après l'opéra-tion , que fi aucun corps étranger ne les avoit pénétrées.

Si j'apprens la fuite de ce phéno-mene , j'aurai foin de vous en infor-mer.

Il paroît un autre mémoire fort détaillé qui nous apprend que M. Gautier, Médecin de Nantes , a trou-vé la maniere de rendre potable l'eau de la mer par le moyen de la diftilla-tion , imitée de celle que le foleil fait pour changer l'eau de la mer en pluie , & cette imitation fe fait en mettant le feu fur l'eau au lieu de le mettre deffous. En vain rendroit-on l'eau de la mer faine & potable , fi l'on n'en pouvoit fournir fuffifament l'Equipage d'un grand vaiffeau , & fi les frais ou le grand efpace qu'oc-cuperoient les machines , rendoient ce fecret onereux aux Navigateurs.

L v

Il faut donc , pour que l'invention
de M. Gautier n'ait pas le même fort
que celle de Fitz Gerard en Angleterre , il faut , dis-je , fe paffer abfolument des précipitans , employer
peu de matieres combuftibles , diftil-
ler néanmoins beaucoup d'eau par
jour , & faire enfin une machine fimple , folide , durable , & à l'épreuve
des agitations de la mer. Voilà le
deffein qu'a eu le nouveau Phyficien.
Il a fait diverfes épreuves qui ont
réuffi , même dans des voyages de
longs cours.

Un des premiers fruits de votre
voyage dans les Pays-Bas , fera fans
doute votre édition que nous attendons avec cette impatience qui eft
dûe à tout ce qui porte votre nom.
Je ferai ravi furtout de voir votre
Flateur paroître avec les ornemens de
la poëfie. La piéce en fera plus vive
& plus foutenue. Je viens de la relire , & je trouve que l'intrigue & le
nœud étant formés à peu près fur le

modele du Tartuffe, vous avez donné à votre Comédie un dénouement
beaucoup plus naturel & plus heureux que Moliere ne l'avoit donné à
la sienne. Je crois vous avoir déja
mandé que M. Despréaux me parlant
un jour d'un Plan qu'il avoit imaginé
pour rectifier le dénouement du Tartuffe ; me dit que vous étiez seul capable d'exécuter un pareil dessein :
& c'est ce que vous avez fait dans le
Flateur.

La ville de Lyon a fait ériger une
Statuë equestre à Louis le Grand.
On travaille au piédestal qui est de
marbre blanc, accompagné des figures
du Rhône & de la Saone, & d'autres
ornemens en bronze. Ce monument
sera sans contredit le plus beau & le
plus magnifique qui soit dans l'Europe, sans excepter même Paris. Il y
a quatre tables pour autant d'Inscriptions qu'on a dessein d'y faire graver.
Quelques personnes ont proposé des
Inscriptions & en Latin & en Fran-

çois. Tout nouvellement j'ai reçu une Infcription du P. Vaniere Jéfuite de Touloufe , poëte célébre , qui a demeuré à Lyon pendant quelque tems , & qui eft fort de mes amis. La voici.

L U D O V I C O P A C I F I C O.

Imperii poftquàm , luftris. ter quinque peractis ,
Jura foro , cultum templis , Hiſpana Nepoti
Regna fuo dedit , & victoribus otia Gallis ,
Hæc monumenta fui Lugdunum ponit amoris.

L'Auteur de ces vers a fait un *Prædium rufticum*, où il a décrit en plufieurs chants toute l'économie de la campagne. Ce font des Georgiques complettes , d'une verfification digne de Virgile.

Rura vel æterno proxima Virgilio.

Il fit imprimer à Lyon il y a fept ou huit ans , un Dictionnaire Poëtique Latin , qui eft excellent. A fon départ de Lyon , il compofa une Eglogue , dans laquelle il fit entrer fort ingénieufement les éloges de tous les amis que son mérite lui avoit acquis en cette ville. Un de ceux-là, qui avoit soin de revoir quelques épreuves du Dictionnaire pendant l'impression, eut sa place dans l'Eglogue, & voici ce qu'il répondit :

Quelques momens d'un tems jusqu'ici fort stérile,
Employés à revoir ce qu'eut l'antiquité
De plus choisi, de plus utile,
M'ont heureusement mérité
D'avoir part aux chansons du rival de Virgile.
Croiroit-on qu'il fût si facile
D'obtenir l'immortalité ?

Il m'a fait l'honneur de me donner place dans son Eglogue, & voici comme il parle du Commentaire sur Boileau, auquel je travaillois alors pendant la vie de cet illustre Poëte.

Sequanicus vates (quæ pars non ultima laudum est)
Hunc Boleus amat, nec amici pectoris imos
Duntaxat sensus aperit, sed quidquid opacâ
Cautior implicuit verborum ambage, frequenti
Hunc docuit sermone, suos (quod serius heu
contingat !) qui post obitus evulget in auras.

Vous avez peut-être appris que M.
l'abbé de S. Pierre, membre de l'A-
cadémie Françoise, en a été exclus,
à cause d'un Livre dont il est auteur,
intitulé *de la Polifynodie* ou *de la pluralité des Conseils*, ouvrage fort injurieux à la mémoire du feu Roi, &
au Gouvernement préfent. M. le
cardinal de Polignac fut fon dénon-
ciateur à l'Académie, qui députa à
M. le Régent ; & les Députés étant
de retour à l'Affemblée, l'exclufion
fut réfolue fur le champ. M. le Regent n'a pourtant pas voulu permettre que la place de cet Académicien
fût donnée à un autre.

M. le Duc d'Antin a fait graver
par Drevet le beau Portrait que Rigaud avoit fait du feu Roi Louis
XIV. Ce Duc a retiré la planche qui
eft de deux pieds de hauteur fur 20
pouces de largeur. On m'en a envoyé
une épreuve de Paris : c'eft un chef-
d'œuvre.

Je viens de jetter les yeux fur les

Mémoires de M. Joli : c'eſt bien peu
de choſe. Ils n'ont ni le feu, ni la profondeur de ceux du cardinal de Retz;
& par-deſſus cela l'édition de Lyon
eſt remplie de fautes.

ROUSSEAU A BROSSETTE.

Vienne 15 *Juillet* 1718.

JE n'ai reçu, M. qu'aujourd'hui
les Mémoires du cardinal de
Retz, qui m'ont été remis par un
Banquier de cette ville, à qui j'en ai
payé le port, & je les ai envoyés
ſur le champ chez le Relieur. Je
vous en rends mille graces ; mais
c'en ſeroit trop à la fois que de fati-
guer votre généroſité & votre bourſe. Daignez ſoulager ma reconnoiſſance de cette derniere obligation,
ſans quoi il n'y a pas moyen que
notre commerce ſubſiſte à cet égard.
Je veux bien me prévaloir de votre

amitié ; mais je ne fuis pas homme à
en vouloir abufer.

Puifque les Mémoires de M. Joli
font plus mauvais que ceux de fon
Maître , je conclus qu'ils ne valent
rien du tout, & fur ce pié-là je ne
les lirois point. Ainfi il feroit inutile
que je les euffe , & peut-être même
ne ferois-je plus ici dans le tems
qu'ils pourroient y arriver : la paix,
dont on attend le courier à tous les
momens , devant vraifemblablement
accélérer le retour du Prince, & par
conféquent fon voyage aux Pays-
Bas où j'aurai l'honneur de le fuivre.
C'eft la certitude où on eft ici depuis deux mois de cette paix , qui
m'a empêché de faire la campagne
d'Hongrie , où véritablement je me
ferois diverti mieux qu'à Vienne ,
mais où je n'aurois rien vû.

Je viens à votre lettre du 28 Mai.
Vous m'y parlez d'une merveille qui
a frappé tout le monde ici, mais qui
ne me furprend en aucune façon,

n'y ayant rien de plus naturel que de croire que Madelaine Morin eſt une friponne, qui pour ſe vanger de ſa voiſine., en la faiſant ſoupçonner de ſortilége, a mis en œuvre un tour de-paſſe - paſſe des plus communs chez les gens du peuple. J'ai vû à M. le comte du Luc deux porteurs de chaiſe Provençaux, qui n'avoient point d'autres pelotons que leurs bras & leurs jambes, où ils avoient toute l'année ſoixante ou quatre-vingts é-pingles au ſervice de leurs amis ; & une marque que la Morin en avoit fait ſa proviſion de longue main, c'eſt que vous me mandez que toutes les têtes de ces épingles ſe ſont trouvé coupées : ce qui étoit néceſſaire afin qu'elles ne paruſſent point au-dehors. Pour ce qui eſt de vomir des chenilles & des lezards, c'eſt l'a , b , c , de tous les charlatans.

Une choſe véritablement admirable, c'eſt l'invention que M. Gautier a trouvée de rendre potable l'eau de

la mer ; fi les moyens qu'il employé
pour cela fe trouvent aifés dans la
pratique. J'ai vû dans quelques nouvelles littéraires de Hollande., qu'un
autre homme prétendoit avoir un fecret pour conferver l'eau exempte
de corruption , même en paffant la
Ligne : mais celui de M. Gautier feroit plus utile à beaucoup d'égards.

Je fçai le meilleur gré du monde
à la ville de Lyon des fentimens
qu'elle fait paroître pour un grand
Roi , que tant de lâches courtifans,
comblés de fes graces , ont accablé
d'ingratitude après fa mort. C'eft le
fujet d'une Ode que vous verrez
dans mes ouvrages, & que j'ai compofée dans le tems que ces monftres
dont je parle , danfoient fur fa foffe.
Je leur y ai prédit ce qui leur eft
arrivé depuis. Dieu veuille que le
peuple qui les a imités , ne foit pas
un jour encore mieux puni qu'il ne
l'eft aujourd'hui , des réjouiffances
qu'il a fait paroître à la mort d'un fi

grand Prince, qui a porté l'honneur & la puissance de sa nation au plus haut point où elle ait jamais monté.

Les vers que vous m'avez envoyés pour servir d'inscription à la Statue que votre Ville lui a fait ériger, sont fort justes; mais à mon avis il ne faudroit point d'inscription en vers, à un monument aussi grave que celui dont vous me parlez. La même chose qui est exprimée dans ceux du P. Vaniere, mise dans le stile lapidaire le plus simple, seroit infiniment plus noble & plus conforme au bon goût de l'Antiquité. Toutes ces inscriptions en vers sont un reste du mauvais goût Gothique, qui ne subsiste plus que dans les vieux charniers, & puisque vous avez une Académie à Lyon, il est de son intérêt d'empêcher qu'il ne se renouvelle sous ses yeux. Il est vrai qu'on a chamaré de vers tout le piédestal de la Statue qui est à la place des Victoires; mais vous savez aussi que

ces vers ont été fiflés de tout le
monde , non pour être mauvais ,
mais pour être hors de place. Laif-
fons donc toutes ces épigraphes aux
fontaines & aux autres monumens de
moindre conféquence : c'eſt une to-
lérance que les Romains , qui faifoient mieux des vers que nous ,
n'ont jamais eue pour leurs Poëtes.
Mais il faut bien accorder quelque
chofe aux nôtres, pour ne les point
mettre de mauvaife humeur. Vous
ne me nommez point l'auteur des
vers François que vous ajoutez aux
Latins ; mais je crois reconnoître en
vous cet ami reconnoiſſant qui paye
ſi noblement en ſa langue les éloges
qu'il a reçus dans celle de Virgile.
On ne peut rien de mieux tourné ni
de plus poli que ce petit ouvrage de
Poëſie : il eſt vrai que les fix vers Latins qui vous l'ont inſpiré, méritoient
bien d'être payés d'une auſſi bonne
monnoie , étant adreſſés à un homme
auſſi folvable que vous l'êtes.

Si M. l'abbé de S. Pierre avoit
tenu plusieurs conseils , il n'auroit
point fait son livre de la Polisynodie ;
ou il l'auroit fait autrement. Je suis
fâché qu'il ait été aussi peu politique
en voulant enseigner la politique aux
autres. C'est un fort honnête homme , qui a eu bonne intention , mais
qui a manqué d'amis sincéres & pru-
dens pour le conseiller. Il avoit déja
fait du vivant du feu Roi , un livre
de ce même goût-là , pour rendre
la paix éternelle en Europe. Les
moyens qu'il propose pour cela sont
bien trouvés ; mais il a oublié le principal de tous , qui seroit de rendre
tous les hommes raisonnables.

Je voudrois bien avoir ce beau
portrait du Roi que vous me dites
gravé depuis peu par les soins de M.
d'Antin ; mais ce sera une affaire à
négocier pour quand je serai aux
Pays-Bas. Vous verrez que la mode
reviendra de dire du bien de ce
Prince , & qu'on se racoutumera à

regarder fes portraits. On m'a prêté l'hiftoire que Larrey vient de commencer de fon regne ; mais je n'ai pas encore jetté les yeux deffus.

BROSSETTE A ROUSSEAU.

Lyon 8 Novembre 1718.

NOus avons depuis quelque tems à Lyon un homme d'un mérite diftingué, qui eft fort de vos amis ; c'eft M. de Lafferé. Il eft venu de Paris avec M. Poulletier fon ami, qui a été nommé à l'Intendance de Lyon. M. de Lafferé eft un des hommes de France qui vous aime le plus, & qui parle de vous en meilleurs termes. Ainfi, M. jugez des converfations de deux perfonnes qui fe difputent à l'envi la préférence fur les fentimens de confidération que vous méritez.

On dit des merveilles d'un Poëme

que le second fils de M. Racine a
fait sur la Grace , & dans lequel il
soutient , dit-on , & fait même revivre le grand nom de Racine. J'ai oüi
dire plusieurs fois au frere aîné de ce
Poëte naissant, que feu son pere lui
avoit défendu en mourant de faire
jamais aucuns vers ; & de ma connoissance , M. Despréaux lui avoit
conseillé de se souvenir toute sa vie
de cette défense : disant qu'il n'étoit
pas permis au fils de M. Racine de
faire des vers médiocres. Apparemment le cadet n'a pas crû que la défense faite à son aîné , dût passer jusqu'à lui , comme une substitution ; &
il n'a pas été effrayé par les consé-
quences.

A propos de M. Despréaux , il
faut que je vous dise qu'il y a à Lyon
un Sculpteur habile , neveu & éleve
du fameux Coisevox. L'occasion m'a
tenté , & je lui ai fait faire en marbre
le Buste de M. Despréaux. L'ouvrier
a travaillé sous mes yeux & d'après

l'Eftampe gravée par Drevet fur le portrait que M. Coûtard a fait peindre par Rigaud ; & il a fi bien réuffi qu'on ne peut rien ajouter à la reffemblance, qui eft parfaite. Si je favois un moyen plus propre que celui-là pour éternifer ma reconnoiffance envers cet illuftre ami, & la vénération que j'ai pour fa mémoire, foyez affuré que je l'employerois.

Le fuperbe monument que la ville de Lyon a fait ériger à la gloire de Louis XIV. eft prefque achevé, & je crois que l'année prochaine on gravera les Infcriptions fur les tables d'attente. Mais ces heureufes Infcriptions ne font pas encore faites : du moins il n'y a rien de décidé fur le choix de celles qu'on a propofées. A la fin de ma lettre j'en tranfcrirai quelques-unes, afin que vous en puiffiez juger. Ce que vous me mandez à ce fujet, eft fondé fur la plus folide raifon, & conforme au goût fimple & noble de l'Antiquité.

Poin:

Point d'inscriptions en vers pour un monument auffi augufte que celui-là.

L'article de votre lettre où vous en jugez ainfi, a fait revenir quelques perfonnes qui étoient indéterminées fur la préférence de la profe & des vers.

Mille louanges vous foient données, M. pour l'Ode que vous avez faite contre les ingrats & lâches courtifans, qui fe font réjouis de la mort de ce grand Roi. En attendant que vous la rendiez publique par l'impreffion, ne nous fera-il pas permis d'en lire quelque petits fragments, pour nous en donner un avant-goût?

Je ne fuis point l'auteur de l'Epigramme que je vous ai envoyée, & je ne fuis point capable de l'être. C'eft l'ouvrage d'un jeune Jéfuite nommé Valoris d'Avignon. M. Defpréaux à qui je l'envoyai quand elle fut faite, en jugea comme vous en jugez.

Un de mes amis m'a envoyé de
Tome II.   M

Paris une copie de la feconde lettre
de feu M. Racine contre Meffieurs
de Port-Royal. Vous fçavez que j'ai
inferé la premiere dans mon édition
de Boileau, volume fecond ; mais la
feconde avoit étoit fupprimée dès fa
naiffance par M. Racine, & n'a jamais été imprimée. * Celui qui m'a
fait ce préfent , fçait que je fouhai-
tois depuis long-tems de voir cette
fameufe lettre dont tout le monde
parle , & que peu de gens ont vue.

Le Quintilien de M. l'abbé Ge-
doin paroît depuis quelque tems ,
en un volume *in*-4°. L'ouvrage eft
fort eftimé, & mérite d'être lû. Les
Poëfies de M. de la Monnoie viennent auffi d'être imprimées en un
recueil. Elles font très-bonnes , comme vous favez : mais la plûpart

* Elle fut trouvée dans les papiers de
M. l'abbé Dupin , qui n'en avoit jamais
donné copie à perfonne. Ceux qui après
fa mort en devinrent les maîtres , la ren-
dirent publique.

avoient deja paru féparément, à mefure qu'il les produifoit.

J'ai craint en rélifant ma lettre,
que la plûpart des chofes qu'elle contient ne fuffent plus nouvelles pour
vous. J'apprens que l'on joue actuellement à Paris la Tragédie d'Œdipe
de M. Arouet, & qu'elle eft fort
applaudie. Cela ne s'accorde pas avec
ce qu'on difoit, que ce jeune Poëte
avoit été demandé par le Roi de
Suéde. Les nouvelles publiques
m'apprennent que l'Empereur vous
a donné un emploi honorable &
utile dans les Païs-Bas : cela me fait
hâter de vous envoyer cette lettre,
afin qu'elle vous trouve encore à
Vienne. Quand vous ferez à Bruxelles, j'efpere que vous n'oublierez
pas un ami qui vous honore avec
toute la diftinction poffible. En quelque endroit du monde que vous
foyez, comptez je vous prie fur l'attachement plein d'eftime avec lequel
je ferai toujours.

M ij

ROUSSEAU A BROSSETTE.
Vienne 24 *Decembre* 1718.

VO u s avez bien raifon de dire,
M. qu'il n'y a nulle vraifem-
blance à la nouvelle qui a couru, que
le Roi de Suéde vouloit avoir le petit Arouet. C'eft une des abfurdes
imaginations qui puiffe fortir des
Caffés de Paris. Le Roi de Suéde n'a
jamais fçu ce que c'étoit qu'un Poëte,
& ne parle pas un mot de François.
Il a befoin de troupes & d'officiers,
depuis qu'il a perdu fon armée à
Pultova, & fon pays eft réduit à une
fi affreufe mifere, que la feule monnoie courante qui s'y débite, font
des liards de cuivre, qui valent quarante fols de la nôtre ; enforte qu'un
habit uni y vaut deux cens écus : ce
qui fait que les foldats qu'il a actuellement avec lui en Norvège, n'ont
que des fabots pour chauffure, &
font habillés comme le Roi Anarche,

rien devant , rien derriere ; & les manches de même. Un Poëte ne feroit-il pas une jolie figure à une pareille Cour ?

On m'a écrit de Paris que l'Œdipe nouveau y étoit fort bien reçu ; mais qu'il n'étoit point encore imprimé. Je ferois fort curieux de voir le Poëme du fecond fils de M. Racine fur la Grace. J'ai connu l'aîné à Paris. C'eft un garçon fage , & qui a du mérite ; mais en tout autre genre qu'en celui de la Poëfie. Je l'avois foupçonné , avant de le connoître , d'être l'auteur d'une fcene manufcrite entre Burrhus & Narciffe , que j'ai depuis longtems entre les mains , & qu'on veut faire paffer pour un ouvrage du Pere. Il y a des vers dans cette fcene tout à fait tournés à fa maniere * : ce pourroit bien être un

_____

* Elle eft en effet de la même main ; mais elle fut fupprimée par le confeil de Boileau : on en trouve les raifons dans les Mémoires fur la vie de Jean Racine.

fruit de la jeuneſſe de ſon cadet. Si cela étoit, je ne m'étonnerois point qu'il fût capable de faire aujourd'hui un excellent Poëme.

Puiſque nous ſommes ſur le chapitre de Racine , je vous avouerai ingénument que j'ai depuis plus de dix ans la lettre manuſcrite qu'on vous a envoyée de Paris, & que j'ai copiée moi-même ſur l'original manuſcrit de l'Auteur , qui étoit entre les mains d'un vieux Port-Royaliſte de ſes amis & des miens , appellé M. de Junquiere. Cette lettre eſt très-ingénieuſe ; il y répond à deux perſonnes en même-tems , & les fait paſſer tour à tour ſur la ſcene avec beaucoup d'eſprit & d'adreſſe. Vous ſavez que ces deux hommes ſont M. Barbier Daucour , & M. du Bois , qui ont été tous deux depuis confreres de M. Racine à l'Académie. Je ne vous ai point parlé de cette ſeconde lettre , parce que je n'avois point approuvé que vous euffiez fait revivre la premiere, que M. Racine avoit pris tant de foin de fupprimer après fa réconciliation. Mais puifque ce pas eft fait, autant vaut que vous donniez encore la feconde, pourvu que vous avertiffiez le Public que ce ne fut point Meffieurs de Port-Royal qui chercherent à appaifer leur nouvel antagonifte ; mais M. Defpréaux, qui lui fit honte de l'ingratitude qu'il marquoit pour des gens à qui il devoit fon éducation ; & qui lui fit envifager le péril où il s'expofoit en attaquant une compagnie de Théologiens, qui l'accableroit de volumes, dès qu'elle viendroit à le déterrer, & l'obligeroit de renoncer pour fa défenfe, à une occupation plus convenable à fon génie, que le genre polémique. M. Racine fe rendit, il fe dénonça lui même, & donna toute forte de marques de repentir à M. Arnauld, qui lui pardonna ; mais la Mere Angelique n'a jamais voulu le

voir depuis ce tems-là. Si vous n'êtes
pas bien fûr de la copie qu'on vous
a fait avoir de cette feconde lettre ,
vous pouvez me l'envoyer , & je la
confererai avec la mienne. Au refte
je crois que l'une & l'autre de ces
lettres auroient befoin en quelques
endroits d'un peu d'éclairciffement.
Il eft parlé dans la premiere du Pape
Honorius. Il faut apprendre à ceux
qui pourroient ne le pas fçavoir , que
c'eft celui qui fe laiffa furprendre par
les Monothélites. On ne fera peut-
être point fâché de fçavoir le nom
de l'auteur des Chamillardes , moi
tout le premier qui l'ignore abfolument. Je crois avoir oüi dire à M.
de Junquiere , que l'avanture du
Tartuffe fe paffa chez la Ducheffe de
Longueville , mais je n'oferois vous
l'affurer pofitivement ; & pour ce
qui eft du paffage où il eft dit que
la raillerie eft permife , que les Peres ont
ri , que Dieu même a raillé ; vous
fçavez qu'il eft tiré de l'onziéme

Provinciale , où M. Pafcal réfute l'ac-
cufation que fes ennemis lui faifoient
d'avoir traité burlefquement les chofes de la Religion.

De toutes les Infcriptions que
vous m'avez envoyées pour le pié-
deftal de la Statue de Louis XIV. je
vous dirai franchement que les quatre premieres qui font écrites dans
la premiere page , font les feules qui
me paroiffent dignes d'un monument
de cette importance. Je ne fçai même
fi on pourroit en faire quatre autres
qui fuffent auffi bonnes. Elles font
véritablement dans le goût antique ,
& elles defignent ce qu'il y a de
plus confidérable dans la vie de ce
grand Roi. Pour les vers c'eft une
petite allufion plus fpirituelle que
noble , auffi - bien que le *Galliæ à
Deo datus , Galliam Deo reddidit.* Cela
feroit trouvé beau en Allemagne où
ces jeux d'efprit font recherchés ;
mais cela ne vaut rien en France à
la vue d'une Académie comme la

M v

vôtre. Les autres inscriptions Latines ne disent presque rien, & celle de la quatriéme page feroit croire que le Maréchal de Villeroy a oublié les bienfaits de Louis XIV. & ne se souvient que de ses vertus. Je conclus donc en faveur des quatre premieres : mais il est bon de vous avertir que je ne prends cette conclusion que comme simple avocat, & nullement en qualité de juge.

Vous ne me parlez plus de votre seconde édition des Œuvres de M. Despréaux, non plus que de celle des Satires de Regnier. Je vous recommande ces dernieres. Vous en connoissez tout le prix. Nous n'avons rien dans notre poësie qui soit plus digne de la postérité ; & si quelqu'un faisoit revivre Lucile, il feroit moins d'honneur à la langue Romaine, que vous n'en ferez à la nôtre en éclaircissant un Poëte à qui rien n'a manqué que le bonheur de naître sous le regne de Louis le

Grand. Je ne vous dirai rien des poëfies de M. de la Monnoie, ne les
ayant point vues en recueil. Je ne
penfe pas qu'il y ait inferé fes Noëls
Bourguignons.

Infenfiblement me voilà parvenu
à la feptiéme page. Vous me trouverez un grand difeur de paroles,
mais j'ai affez de loifir pour être
long, & trop peu de patience pour
être court. J'écris à un ami, je me
laiffe aller au plaifir de répondre à
tous les points de fa lettre, & je
fuis perfuadé que les miennes ne font
vûes que de lui. Je vous embraffe de
tout mon cœur, & vous prie de ne
jamais douter de l'attachement fidele
avec lequel j'ai l'honneur.

M vj

BROSSETTE A ROUSSEAU.

Lyon 25 Mars 1719.

IL y a long-tems, M. que je differe de vous écrire, parce que j'attens un exemplaire de l'Œdipe de M. Arouet pour vous l'envoyer. Dès que je l'aurai reçu il partira, ou avec ma lettre, ou bientôt après. En attendant je prendrai la liberté de vous dire un mot de cette Tragédie ; parce que depuis deux jours je l'ai lûe dans le feul exemplaire qu'il y ait à Lyon. Je ne fuis point furpris que cette Tragédie ait eu un fi grand fuccès ; premierement parce qu'on étoit affamé de Tragédies nouvelles, & que d'ailleurs il y a dans celle-ci malgré fes défauts, d'affez beaux endroits, de grands mouvemens, des vers fort bien tournés, & des fituations intéreffantes. Mais ce n'eft ni Corneille ni Racine, quoiqu'il pa-

roiſſe que le jeune Poëte a eu devant
les yeux ces deux grands Ecrivains,
dont il a même imité pluſieurs vers.
A la fin de la piéce, l'Auteur qui a
pris le nom de *Voltaire*, a fait imprimer ſix lettres, dont la premiere contient une apologie contre les calom-
nies dont on l'avoit noirci au ſujet de
ſa Tragédie. Cette lettre eſt imprimée, dit-il, par permiſſion expreſſe
de M. le Regent. La ſeconde parle du
ſuccès que la piéce a eu. Dans la troiſiéme & la quatriéme il fait la critique
de l'Œdipe de Sophocle, & de l'Œdipe de Corneille. Dans la cinquiéme il
fait la critique du ſien, & il la fait
à peu près comme ceux qui ſe donnent eux-mêmes la diſcipline. Enfin
la ſixiéme eſt une Diſſertation ſur
l'uſage des chœurs dans les Tragédies, parce qu'il en a mis quelques-
uns dans la ſienne. Je ne vous ferai
pas un plus grand détail de cette
piéce, parce que vous en jugerez
vous-même en la voyant. Je ne veux

pourtant pas me difpenfer de vous envoyer l'extrait d'une lettre que l'on m'écrivit de Paris il y a quelque tems.

» Œdipe a enlevé d'emblée pref-
» que tous les fuffrages. Electre n'a
» pas eu le même fort , parce qu'on
» eft prévenu contre fon auteur , M.
» de Longepierre. On revient un peu
» de part & d'autre. On dit qu'il fau-
» droit que M. Arouet eût fait les
» vers de l'Electre , parce qu'il eft
» meilleur Poëte , & que la conduite
» & les fituations de cette piéce font
» très-belles. M. Dacier eft fort en
» colere contre Arouet , à caufe de
» ce qu'il a dit contre Sophocle
» dans fa troifiéme lettre critique.
» M. Dacier vouloit écrire contre ce
» jeune Poëte , mais Madame Dacier
» l'en a détourné.

J'ai depuis longtems auffi-bien que vous la Scene manufcrite entre Bur-rhus & Narciffe. M. Racine l'avoit faite pour être la premiere de l'Acte

troifiéme de fon Britannicus. M.
Defpréaux lui confeilla de la fupprimer, parce qu'il la trouvoit foible
en comparaifon du refte de la Piéce,
& qu'elle en arrêtoit l'action. Il n'a-
prouvoit pas que Burrhus fe commît
ainfi avec Narciffe, & il difoit que
cette Scene ne pouvoit finir que par
des coups de bâton. M. Racine la re-
trancha donc, & fe contenta d'en
retenir quelques vers, qui font encore dans fa Tragédie.

A l'égard de la feconde lettre de
M. Racine contre Meffieurs de Port-
Royal, la copie que j'en ai me paroît
fort exacte, & m'a été envoyée de
bonne part. J'avois condamné tout
le premier la facilité que j'ai eu d'in-
ferer la premiere de ces deux lettres
dans mon édition de Boileau; car
outre qu'elle n'eft pas là à fa place,
je fuis perfuadé que bien des gens
ne l'y ont pas vûe fans murmurer
Mais quoi? C'eft un effet de ma complaifance, & non pas de mon incli-

nation. Ainsi bien loin de faire paroître la feconde, je fuis déterminé à
fupprimer la premiere dans la nouvelle édition que l'on fera de Boileau.

Puifque vous vous intéreffez à mes
Notes fur Regnier, je vous dirai que
mes occupations continuelles m'ont
empêché d'y mettre la derniere main
depuis quinze années que j'entrepris
cet ouvrage par le confeil même de
M. Defpréaux. J'étois alors à la campagne, & vraifemblablement ce ne
fera qu'à la campagne auffi que j'aurai le loifir de l'achever. Je vous pro-
mets donc que ce fera ma tâche pour
l'Automne prochaine, afin de ne pas
laiffer inutiles les recherches & les
découvertes que j'ai pû faire tant fur
la perfonne que fur les ouvrages du
Lucilius François, à qui rien n'a manqué, comme vous le dites fort bien,
que le bonheur de naître fous le regne de Louis le Grand. Ceux de mes
amis qui ont vû le projet de mes
Notes fur ce Poëte fatirique, m'ex-

hortent auffi-bien que vous , de les
mettre au jour. Comme je croyois
publier ce Commentaire avant celui
de Boileau , voici des vers qui con-
venoient à mon deffein :

Regnierum edideram : invidit Bolæus : at iſte
Cur ab eō poſthac invideatur habet.

M. de la Monnoie n'a pas inferé
fes Noels Bourguignons dans le recueil de fes Poëfies. Je ne fçais point
fi vous avez vû l'apologie qu'il a faite
de ces mêmes Noels,& dans le même
langage.

Au refte , M. les nouvelles publiques nous apprennent que M. le
Prince Eugéne doit bientôt aller aux
Pays-Bas prendre poffeffion de fon
Gouvernement : cette circonftance
m'annonce votre départ pour les mêmes provinces , & votre prochaine
inftallation dans la fonction qui vous
y attend. Je ne laiffe pas encore de
vous adreffer cette lettre à Vienne ,
parce que vous m'avez mandé que je

continuaffe à vous y écrire jufqu'à ce que j'euffe de vos nouvelles d'ailleurs. Pour moi , Monfieur, je me difpofe à faire bientôt le voyage de Paris , où je vous offre tous mes fervices. Je vous les offrirois avec bien plus de confiance , fi mon pouvoir étoit égal à ma bonne volonté.

ROUSSEAU A VOLTAIRE.

Vienne 25 Mars 1719.

MALGRÉ l'éloignement qui nous fépare. M. je ne vous ai jamais perdu de vûe, & mon amitié vous a toujours fuivi fans interruption dans les différens événemens dont votre vie a été mélangée. Il y a long-tems que je vous regarde comme un homme deftiné à faire un jour la gloire de fon fiécle , & j'ai eu la fatisfaction de voir que toutes les perfonnes qui me font l'honneur de m'écouter en ont fait le même

jugement que moi fur les divers ouvrages que je leur ai fouvent lûs de
vous. Dans le tems que je jouiſſoiſ
du plaiſir de voir croître une réputation qui m'eſt ſi chere, j'ai eu la
douleur d'apprendre les traverſes
dont vos ſuccès ont été interrompus,
& je puis vous aſſûrer que je ne les
ai guères moins vivement ſenties que
les miennes propres. Je ne pouvois
m'imaginer que vous les euſſiez mé-
ritées, & la perſuaſion où j'étois de
votre innocence me faiſoit voir entre
vos avantures & les miennes un rapport qui augmentoit encore ma ſen-
ſibilité. Une choſe cependant me con-
ſoloit pour vous, c'eſt l'opinion où
j'ai toujours été que les malheurs ſont
néceſſaires aux hommes; & que rien
ne purifie tant leur vertu que les ad-
verſités. C'eſt peut-être un avantage
pour vous dans la proſpérité où vous
êtes aujourd'hui, d'avoir ſouffert
cette épreuve, dans un âge qui ne
tire point à conſéquence. Nous naiſ-

fons tous tributaires de la mauvaife fortune ; & les plus heureux font ceux qui ont payé leurs dettes de bonne heure. Vous en voilà quitte, du moins je l'efpére ainfi, pour le refte de vos jours. Je fouhaite qu'ils foient auffi longs que ceux de Corneille, à qui vous fuccédez fi dignement.

Je n'ai reçu qu'hier le préfent que vous avez eu la bonté de me faire de la Tragédie dans laquelle vous avez lutté fi avantageufement contre ce fameux moderne. Je ne doutois nullement que l'avantage ne fût de votre côté ; mais je ne m'attendois pas que vous fortiffiez fi glorieufement du combat contre Sophocle. Et malgré la jufte prévention où je fuis pour l'Antiquité, je fuis obligé d'avouer que le François de 24. ans a triomphé en beaucoup d'endroits du * Grec de 80. Ce qui m'a

____

* Ce fut l'Oedipe à colonne que Sophocle compofa à 80 ans, & non pas l'Oedipe Roi.

le plus furpris dans un Auteur de
votre âge, c'eft l'œconomie admirable de votre piéce, & la manière
judicieufe & adroite avec laquelle
vous avez évité les écueils prefque
inévitables d'une action auffi difficile à traiter que celle que vous avez
choifie. Vous n'étiez pas obligé,
non plus que Sophocle, de les éviter tous : mais vous avez parfaitement rempli, auffi bien que lui, l'in-
difpenfable obligation d'attacher la
curiofité de l'auditeur, & d'émou-
voir fes paffions : regle à laquelle
toutes les autres régles du Théâtre
font tellement fubordonnées, que fans
elle une Piéce fans défaut eft une
Piéce déteftable. Vos caractéres ne
font pas moins juftes que votre dif-
pofition, & je ne fçaurois approu-
ver la critique que vous faites vous-
même, de celui de Philoctete ; la
modeftie qui fied bien aux grands
hommes n'étant point une vertu du
caractére des Héros fabuleux, &

étant même contraire à la simplicité des premiers tems, comme la va-
ni le feroit à la politeffe du nôtre.

ous dirai - je un avantage que
j'ai remarqué dans votre Piéce fur
celle de Sophocle même , & dont
ceux qui connoiffent véritablement
l'Antiquité, vous doivent les complimens les plus fincéres ? Les in-
terprêtes de cet ancien Poëte n'ont
point connu à mon avis , le véritable efprit de fa Tragédie. Ils fe font
imaginez que le deffein de l'Auteur
étoit de purger la colere & la curiofité, parce que ce font les défauts
qu'il y donne au malheureux Œdipe ; & ils n'ont pas fait réflexion
que Jocafte , qui eft auffi malheureufe que lui, puifqu'elle eft fouil-
lée du même incefte , n'eft point repréfentée avec les mêmes imperfec-
tions. Pour moi , je fuis très-per-
fuadé que Sophocle n'a rien voulu
marquer , finon que les hommes
ne fçauroient éviter leur deftinée ,

& que fans l'affiftance des Dieux, toute leur vertu, toute leur pruden- ce, ne leur fert de rien. Il n'y a rien de mieux marqué dans tous les ouvrages des Anciens, que ce dog- me de leur Théologie. L'Iliade, l'Odyffée, l'Eneïde, prefque tou- tes les Tragédies Grecques, Phé- dre entr'autres, & votre Œdipe, ne roulent que fur ce principe ; & il ne faut point croire qu'ils ayent fait tort en cela à l'idée qu'on doit avoir de la juftice des Dieux, puif- que tous les hommes, quelque ver- tueux qu'ils paroiffent aux yeux des autres hommes, ne peuvent l'être aux yeux de la Divinité, qui voit ce que nous ne voyons pas ; & que les crimes ne font pas moins crimes, quoiqu'ils nous foient fouvent ca- chés à nous - mêmes. Vous voyez par-là, M. que les Anciens ont été tous de parfaits Janféniftes * : ainfi vous

---

* Il eft vrai que dans les Anciens, & fur-

ne devez pas vous étonner qu'ils
fouffrent perfécution au tems où nous
fommes.

La conclufion de tout ceci eft que
vous avez très - bien fait de repréfenter votre Œdipe exempt des défauts que Sophocle lui a donnés, &
que vous avez très-bien marqué par-
là le néant des vertus humaines.
J'aurois une infinité d'autres chofes
à vous dire fur l'excellent ouvrage
que vous m'avez envoyé, & fur
les differtations qui l'accompagnent.
Je fuis du même avis que vous fur
plufieurs des chofes qu'elles renfer-
ment ; & dans celles où je ne fuis
pas de votre fentiment, j'admire la
netteté de votre ftile, & l'agrément
de vos expreffions. J'efpére que nous
nous verrons à Bruxelles , & que
nous y aurons le loifir de nous y

tout dans Homere on trouve bien des chofes favorables au dogme abfurde de la fatalité : mais quel rapport ce dogme a-t-il
avec le Janfénifme ?

entretenir

entretenir de plusieurs choses qui seroient trop longues à écrire.

M. le Prince Eugéne qui attendoit votre Piéce avec une impatience extrême, l'a reçue avec le même plaisir : il m'a fait l'honneur de m'en parler avec une estime dont je suis sûr que vous ne seriez pas moins flatté que de celle du Public, si vous connoissiez autant la justesse d'esprit & le discernement de ce Prince, que vous reconnoissez son mérite & sa réputation dans la guerre. Vous en jugerez, si nous avons le bonheur de vous voir aux Pays-Bas, & je suis assûré que sa bonté, sa simplicité, & toutes ses autres vertus civiles, ne vous causeront pas moins d'admiration que ses exploits. C'est pour cela que l'admiration d'un homme comme vous doit être reservée, & non pas pour des ouvrages aussi frivoles que les miens. Je ne vous en demande pas tant ; mais j'exige de vous une amitié aussi sincére & aussi

tendre que la mienne ; & foyez fûr
que fi mes talents ne m'en rendent
pas digne , perfonne au moins ne la
mérite autant que moi , par les fentimens d'eftime avec lefquels je fuis ,
Monfieur.

ROUSSEAU A BROSSETTE.

Vienne 29 Avril 1719.

IL y a déja, près de fix femaines ,
M. que la Tragédie d'Œdipe m'a
été envoyée par l'Auteur même , &
à peine ai - je eu le loifir de la lire ,
qu'elle m'a été enlevée par tout ce
que nous avons ici de perfonnes curieufes de ces fortes d'ouvrages.
Elle eft préfentement entre les mains
de l'Impératrice Amélie ; & comme
vous jugez bien que je ne la rede-
manderai pas , je recevrai avec plaifir l'exemplaire que vous avez eu la
bonté de me deftiner , en cas que je
ne fois point parti lorfqu'il arrivera.

J'attendois cette Piéce avec beaucoup d'impatience, fur le bruit qu'elle a fait, & fur l'opinion que j'avois
de fon Auteur. Je vous avouerai in-
génuement, & fans prévention, que
je l'ai trouvée encore plus belle que
je ne me l'étois figuré, & que je ne
m'attendois pas à trouver fi peu de
fautes dans la conduite d'un ouvrage où Corneille lui-même a échoué.
Il n'y a peut-être point de fujet dans
l'Antiquité qui foit plus difficile à
amener aux termes d'une jufte vrai-
femblance. Sophocle en a fait un chef-
d'œuvre ; mais il n'a pas laiffé de
donner contre plufieurs écueils, &
il y auroit de l'injuftice à exiger d'un
jeune homme de vingt-quatre ans,
une perfection où le plus grand des
Poëtes Tragiques n'a pû atteindre.
Le caractére d'Œdipe, par exemple,
m'a toujours choqué, je vous l'a-
voue, dans le Poëte Grec. Son em-
portement outré, fa curiofité déré-
glée, ne conviennent point à un hom-

me auffi fage & auffi avifé qu'il de=
voit l'être, pour deviner l'énigme
du Sphinx * dans un âge encore
peu avancé ; & l'intention de Sophocle étoit, comme je n'en doute
point, de faire voir que les hommes
ne peuvent échapper à leur deftinée.
Il falloit, ce me femble, le faire
tomber dans le malheur, comme Fé-
lix dans Polieucte, par cette même
prudence qui fait fon caractére. Le
jeune Poëte a fort judicieufement
évité cet inconvénient : fon Œdipe
eft malheureux ; mais il eft toujours
Œdipe, & rien n'affoiblit la pitié que
fon infortune doit infpirer aux fpec-
tateurs. Je ne fçai quelle idée auront eu les Critiques, du caractére

---

* Il ne falloit pas être bien habile pour
deviner l'énigme du Sphinx ; mais Sophocle a donné à deffein des défauts à Œdipe, pour qu'il ne fût pas malheureux fans
être coupable, & il n'eut jamais intention
d'établir par cette Tragédie le dogme de
la fatalité.

de Philoctète. Ceux qui veulent tout rapporter à nos mœurs auront pû trouver ce Héros un peu fanfaron, & j'avoue qu'on fe mocqueroit aujourd'hui d'un Guerrier qui n'auroit que fes louanges à la bouche. Mais pour moi, qui fuis perfuadé que dans les perfonnages de l'Antiquité on doit peindre les mœurs anciennes, & non pas les mœurs modernes, je ne fuis pas plus choqué de voir le compagnon d'Hercule affronter un Roi de Thèbes, que je le fuis de voir Hercule lui-même tuer Diomède au milieu de fa Cour. Et ceux qui ont tant critiqué Homére fur les caractéres & les coutumes qu'il donne à fes Héros, n'ont pas fongé que ces Héros vivoient dans des fiécles fort différens du nôtre, & que ce qui les choque, eft le monument le plus précieux qui nous refte des mœurs antiques. Je ne vous dirai rien du refte de la Tragédie de M. Arouet, parce que je ne veux point

faire une diſſertation. Elle a des défauts, mais elle en auroit peut-être
d'autres plus conſidérables, s'il avoit
voulu les éviter trop ſcrupuleuſe-
ment. Je voudrois ſeulement que les
diſſertations qu'il a jointes à ſa Piè-
ce, fuſſent écrites d'un air moins dé-
ciſif. Il a déja beaucoup médité
pour un jeune homme ; mais quand
il aura médité davantage, il apprendra à douter un peu plus qu'il ne
fait. Pour la verſification, elle eſt très-
belle en général, mais je l'ai trouvé négligée en beaucoup d'endroits,
& je voudrois que dans une ſeconde
édition il changeât pluſieurs vers,

Quos aut incuria fudit,

Aut humana parum cavit natura.

J'ai été ſurtout ſcandaliſé de le voir
tourner ſa pareſſe en principe, dans
ce qu'il nous dit touchant les rimes.
C'eſt comme ſi un Poëte Latin ſe
piquoit de ſecouer le joug de la meſure. On n'eſt point obligé d'écrire
en vers ; mais lorſqu'on veut bien

s'y affujettir , il faut fe réfoudre à en furmonter toutes les difficultés ; & c'eft de ces difficultés même que naît toute la richeffe & toute la beauté d'un langage , qui n'a d'autre avantage fur la profe , que celui de l'harmonie & de la proportion exacte des fons.

Au refte , M. vous me faites un grand plaifir en me préparant à voir bientôt vos Notes fur Regnier. Vous rendrez certainement un grand fervice à notre langue , dont ce Poëte eft un ornement très - confidérable. Aucun n'a mieux pris que lui le véritable tour des Anciens , & je fuis perfuadé que M. Defpréaux ne l'a pas moins étudié que Perfe & Horace. La barbarie qu'on remarque en quelques endroits dans fon ftile , eft celle de fon fiécle , & non pas la fienne ; mais il a des vers fi heureux & fi originaux , des expreffions fi propres & fi vives , que je crois que malgré fes défauts , il tiendra tou jours un des premiers rangs parmi le petit nombre d'excellens Auteurs que nous connoiffons.

Vous ne me parlez point de votre nouvelle édition de Boileau. Je vous prie de m'en donner des nouvelles à Bruxelles où je compte que nous ferons vers la Saint-Jean. Je n'ofe vous prier de m'écrire plûtôt; car ce feroit trop exiger d'un ami auffi occupé que vous l'êtes, que de lui demander plus de quatre ou cinq lettres par an. Mais fi yous étiez à Paris vers ce tems-là, ne pourroit-on point vous engager à poufler jufqu'aux Pays-Bas? C'eft un voyage de deux jours, & je fçai plufieurs perfonnes qui attendent l'arrivée du Prince, pour y venir faire un tour. Rien ne me flatteroit plus agréablement que la joie de vous y embraffer, & de vous y renouveller les affurances de l'attachement plein d'eftime avec lequel j'ai l'honneur d'être, Monfieur,

BROSSETTE A ROUSSEAU.

Paris 25 Juin 1719.

COMME les nouvelles publiques, M. m'apprennent que le Prince Eugéne n'eft point parti de Vienne, je préfume que vous y faites encore votre féjour, & je vous y adreffe cette lettre avant que je parte de Paris pour retourner à Lyon. Je compte d'y arriver dans dix ou douze jours, & c'eft-là que vous pourrez continuer à m'honorer de vos Lettres. Depuis plus d'un mois je fais chaque jour une forte réfolution de vous écrire ; mais une infinité d'affaires, ou plûtôt les diftractions continuelles aufquelles on eft livré en ce pays-ci, m'ont détourné de cette occupation, la plus agréable que je puiffe avoir. Je n'oferois prefque vous parler de Belles-Lettres, ni d'ouvrages d'efprit : car le goût eft fi fort changé à Paris fur cet

N v

article, qu'on ne s'y reconnoît plus. Cependant le nouvel Œdipe de M. Arouet de Voltaire continue à faire du bruit, & après avoir brillé long-tems fur le Théâtre François, avant fon impreffion, il fait maintenant l'occupation des Critiques fubalternes ; car il n'eft point de coin de rue, ni de boutique de Libraire, qui ne nous annonce en gros caractéres, des critiques, ou des apologies de l'Œdipe, de forte qu'il faut qu'il y ait tout au moins une vingtaine de brochures pour ou contre cette nouvelle Tragédie.

Rien n'eft mieux penfé ni mieux écrit que ce que vous m'en dites dans la lettre que vous m'avez envoyée. Elle a fait l'empreffement de tous les gens d'efprit, à qui je l'ai montrée, & je n'ai pu la refuler à des perfonnes de confidération, qui m'en ont demandé des copies avec inftance.

J'ai vû auffi celle que vous avez écrite à M. Arouet lui-même, pour le remercier de l'exemplaire qu'il vous avoit envoyé. Mais je doute que cette lettre dans laquelle vous lui marquez les principales beautés de fa Piéce, lui ait fait plus d'honneur & plus de plaifir, que la lettre que vous m'a-vez adreffée, & qui en contient le jugement. Depuis trois femaines M. de Voltaire eft allé à Sulli, où il paffera le refte de l'été dans le deffein d'y compofer une nouvelle Tragé-die, dont il m'a expliqué le fujet & le plan. Elle fera intitulée *Artémire.*

Ses amis ont tâché de le détourner de cette entreprife, & lui confeillent de continuer un Poëme qu'il a com-mencé fur la deftruction de la Ligue par Henri IV. dans lequel il y a déja des morceaux que l'on trouve admi-rables.

L'Abbé de Grécourt, Chanoine de Tours, qui a beaucoup de vivacité & d'efprit, a compofé depuis peu un Poëme de quinze cens vers con-tre les Jéfuites & contre la Confti-

N vj

tution. Il en a fait la lecture en plufieurs endroits de Paris , & tout le
monde en a parlé avec de grands
éloges. C'eft un burlefque d'un genre nouveau , qui ne reffemble , ni à
Scarron , ni à Marot, ni au ftile du
Lutrin : il tient plutôt du caractére
badin de Chapelle.

Ce Poëme eft intitulé *Philotanus* ;
titre dont je vous laiffe à chercher l'é-
timologie. L'Auteur eft retourné à
Tours depuis un mois. Je l'ai vû avec
M. de Lafferé votre ami.

Les Fables de M. de la Motte
font imprimées , & bien des gens leur
refufent leur admiration. On n'y
trouve pas ce naturel & cette naïveté qui font le principal caractére
de la Fable. J'en ai oüi b âmer quelques expreffions , que l'on trouve ou
obfcures , ou forcées , ou affectées ,
comme par exemple , *le Greffier fo-
laire ,* pour un Cadran qui marque
les heures ; *un Phénoméne potager ,*
pour une groffe rave ; *un Pléonafme*

décidé, &c. Comme l'édition est fort belle, & ornée de magnifiques Estampes , ne pourroit-on point lui faire l'application de ces vers du fameux Rondeau contre Benferade ?

Papier, dorure, images, caractére,
Hormis les vers, qu'il falloit laiffer faire
A la Fontaine.

A propos de ce Rondeau , apprenez-moi qui en est l'auteur, si vous le sçavez. Je l'ai vû attribuer à Chapelle. M. Defpréaux m'a dit autrefois , qu'il avoit sçû le nom de l'Auteur * , mais qu'il l'avoit oublié.

Pour revenir aux Fables dont il s'agit , on m'affûra ces jours passés qu'un Poëte de ce pays-ci ** avoit entrepris de les refondre toutes ; qu'il vouloit ensuite les faire imprimer avec ce titre : *Fables de M. de la Motte, traduites en vers François.* C'est pour ne point encourir les peines portées par

* M. Stardin.
** Gâcon.

le privilége du Roi pour l'impreſſion des Œuvres de M. de la Motte ; car ce privilége défend à tous de traduire ſes Œuvres en Latin , en Grec , & même en Hébreu : mais il ne défend point de les traduire en François.

Le Caffé des Beaux - Eſprits eſt tombé en enfance , & n'eſt preſque plus compoſé que de grimauds , gens ſans nom, & ſans mérite , au milieu deſquels préſide leur Apollon , qui reçoit l'encens & les applaudiſſemens de cette troupe admiratrice. On a décidé , dit-on , dans cette aſſemblée , que ce que nous appellons harmonie, douceur & agrément dans les mots , étoit une idée chimérique , & que tous les termes étoient également beaux , ſonores , & agréables. Conſéquemment à cette déciſion , M. de la Motte lut en pleine Académie le jour de la Réception de M. l'abbé Gédoin , une Ode en proſe , pour faire voir par preuve démonſtrative , que la cadence & la meſure des vers

n'ajoutoit rien à la beauté de l'expreſ-
ſion : maxime dont je crois que vous
aurez peine de convenir, ſi j'en juge
du moins par votre derniere lettre,
dans laquelle vous dites qu'un des
avantages de la poëſie ſur la proſe eſt
l'harmonie & la proportion exacte
des ſons.

Puiſque vous me demandez des nouvelles de mes Notes ſur Regnier, je
vous dirai que ſur votre invitation,
& ſur celles d'une infinité d'autres
perſonnes, j'avois réſolu d'employer
quelques momens pendant les Féries
prochaines de l'Automne, à revoir
mes Notes & à les mettre en état ;
mais les amis de feu M. Deſpréaux
m'ont fourni une ample matiere pour
faire des augmentations conſidérables
à mon édition nouvelle de Boileau.
Vraiſemblablement ce ſera l'objet de
mes occupations pendant les vendan-
ges ; car dans le reſte de l'année, il ne
m'eſt pas poſſible de vacquer à d'autres
affaires qu'à celles de ma profeſſion.

ROUSSEAU A BROSSETTE,

Vienne 4 Mai 1720.

IL y a bien-tôt un an , M. que vous n'avez oüi parler de moi , & peut-être vous feriez-vous accoutumé à m'oublier, dans la penfée où vous aurez été que j'en ai ufé de la même maniere à votre égard. J'avoue que les apparences vous y autoriferoient , & que les plus habiles y feroient trompés. Cependant rien n'eft plus vrai, M. que depuis ce tems-là j'ai fongé plufieurs fois à vous écrire , & que je n'en ai été empêché que par l'efpérance de le pouvoir faire d'une diftance moins éloignée : mon voyage de Bruxelles ayant toujours été pour moi le feftin de Tantale, que je vois fans ceffe fous mes yeux , fans pouvoir jamais y atteindre. Il y a treize mois que mon bagage eft aux Pays-Bas , & que je crois le fuivre de mois en mois. Je vous avois même mandé de ne plus m'écrire, ce que vous n'avez exécuté que trop ponctuellement; & je n'ai ofé, dans l'incertitude où j'étois de refter ou de partir , me rifquer à perdre les lettres que vous auriez pû m'adreffer ici. Je fuis encore aujourd'hui dans le même cas ; mais j'efpére pourtant avoir encore le tems de recevoir vo- tre réponfe , quand même nous par- tirions le mois prochain , comme on me le donne à entendre. L'impatien- ce que j'ai d'apprendre des nouvel- les de votre fanté, eft le principal motif qui m'invite à rompre le filen- ce ; mais j'ai encore celui de la curio- fité que vous m'avez donnée pour les Remarques que vous préparez fur les poëfies de Regnier , & pour la feconde édition que vous promet- tez depuis deux ans fur celles de Defpréaux. M. le Prince Eugéne , qui a fait préfent à une perfonne de fes amies , de l'exemplaire qu'il avoit de la premiere , m'a chargé de fça-

voir de vous s'il n'y auroit pas moyen
d'en faire venir un autre de Genève,
en grand papier. Il a l'infolio de
Hollande, qui eſt parfaitement beau ;
mais il veut avoir encore l'inquarto
que vous avez revû vous - même.
Ainſi je vous demande en grace de
vouloir bien donner vos ordres pour
me le faire envoyer à l'adreſſe de
S. A. S. & je donnerai ceux qu'il
faudra pour faire tenir au Libraire
l'argent qu'il faut lui donner. Il y a
trop peu à dire ſur les nouvelles
de ce pays - ci ; & il y en auroit
trop ſur celles de France. Le mieux
eſt de ne parler ni des unes ni des autres, & de nous renfermer dans celles
de la littérature, qui pourtant me
paroiſſent aſſez ſtériles, depuis que le
redoutable Miſſiſſipi fait l'objet de
toutes les attentions. La contagion
des actions de la Compagnie n'eſt,
s'il plaît à Dieu, point aſſez répandue
dans la Ville où vous réſidez, pour
vous avoir fait diſcontinuer vos oc-

·cupations littéraires. Je vous conjure
de m'en donner au plûtôt des nouvelles, & de fonger qu'un homme qui
a paffé un an fans en recevoir de vous,
eft trop affamé pour attendre long-
tems la réponfe qu'il vous demande.

BROSSETTE A ROUSSEAU.

Lyon 26 Mai 1720.

VOus avez raifon de dire, M.
que les nouvelles de la Littérature font bien ftériles, & elles le feront
bien davantage à l'avenir, à caufe
de l'étrange innovation des affaires
du Royaume. Un Arrêt lancé du
Confeil le 21 de ce mois, qui di-
minue d'un quint la valeur des billets
de banque & des actions, a jetté la
confternation dans tous les efprits.

Vous avez fçu que l'Artemire de
M. Arouet de Voltaire étoit tombée dès la premiere repréfentation,
à n'en jamais relever. J'avois prédit

à l'Auteur, que cette Tragédie dans laquelle il n'étoit soutenu que par son seul génie, n'auroit pas la destinée de son Œdipe. C'est trop d'ouvrage à la fois, sur-tout pour un jeune homme, que d'avoir à inventer la fable, les caractéres, les sentimens & la disposition, sans parler de la versification.

Mais à propos d'Œdipe..... un jour M. de Fontenelle, avec cette politesse que vous lui connoissez, disoit à M. de Voltaire, que sa Tragédie étoit fort belle ; mais que sa versification en étoit trop forte, & trop pleine de feu. M. de Voltaire lui répondit qu'il feroit son profit de cette critique ; *& pour apprendre, dit-il, à me corriger, je m'en vais lire vos Pastorales.*

Voici un fait qui vous regarde, & que je tiens d'un témoin auriculaire. Quelque tems après la publication des Fables de M. de la Motte, on en parla au coucher de Monseigneur le Régent. Deux ou trois Courtifans, amis de M. de la Motte, affecterent à plufieurs reprifes, de relever le mérite des Fables nouvelles, fans que le Régent dît un feul mot. Enfin après un long filence, S. A. R. répondant à fa penfée, dit tout haut : *Il faut convenir que nous n'avons de véritable Poëte que Rouffeau.* Il ne fe trouva aucun Courtifan affez courageux pour faire valoir cette occafion en votre faveur. Si j'avois eu l'honneur d'être là, je crois que j'aurois eu la force de repréfenter à S. A. R. combien la France perdoit par l'éloignement d'un homme tel que vous. Il faut quelquefois moins que cela pour faire de grands changemens.

ROUSSEAU A BROSSETTE.

Vienne 2 Juillet 1720.

APRE'S une fi longue interruption de commerce , j'avoue ,
M. que la lettre que vous m'avez fait
l'honneur de m'écrire du 26 Mai , a
eu pour moi tous les charmes de la
nouveauté. Cependant je ferois très-
fâché d'être expofé à avoir une feconde fois le même plaifir. Vos lettres
n'ont pas befoin du fecours de la ra-
reté pour m'être infiniment précieu-
fes ; & de tous les contretems qui ont
accompagné le délai d'un voyage
que j'ai crû certain , celui d'avoir
paffé un an fans recevoir de vos nouvelles , m'a été le plus infupportable.
Celle que vous m'aviez écrite par la
voie de M. de Konigfek ne m'a point
été rendue, & il faut qu'on ait négligé de la remettre : cet Ambaffa-
deur , qui me fait l'honneur d'être de
mes amis particuliers, ayant toujours

été fort exact pour tout ce qui me regarde. Nous préviendrons un pareil inconvénient en nous servant de la voie ordinaire, & de l'adresse de M. Dubourg, qui est infaillible, soit que je reste ici, soit que j'aille aux Pays-Bas. J'ai remis à ce tems - là, comme je crois avoir eu l'honneur de vous l'écrire, la nouvelle édition de mes Poësies, que je ne puis faire imprimer que sous mes yeux, & qui est depuis plus de deux ans en état de paroître en trois volumes, ou en un volume *in-4°* : je n'y ai rien ajouté depuis. Rien ne réveille ici ma paresse naturelle ; & les autres amusemens que j'y trouve, valent mieux que celui-là. Je crois que tout honnête homme dans son état doit se regarder comme tributaire du Public ; mais quand on lui a donné une partie de sa vie, il peut être permis de garder l'autre pour soi. Gardez-vous bien cependant, Monsieur, d'adopter cette maxime ; nous y per-

drions trop. Vous nous devez une
feconde édition de Boileau , & des
éclairciffemens fur Regnier. Ces deux
Auteurs , qui font un des plus grands
ornemens de notre langue , ne peuvent non plus fe paffer de vous , que
nos Belles-Lettres fe peuvent paffer
d'eux. Après cela nous confentirons
que vous vous repofiez fur vos lauriers.

　. Monfieur de Grécourt m'eft parfaitement connu par de longs fragmens qu'on m'en a envoyés de Paris,
il y a plus d'un an. Si vous l'avez en
entier , je le recevrai avec plaifir.
L'Hiftoire de la Conftitution , faite
par le Diable , eft une des idées des
plus bizarres que je connoiffe. Je fuis
perfuadé que tout le monde voudroit
avoir le génie de l'Auteur ; mais que
perfonne ne voudroit avoir fait fon
ouvrage , quelque efprit qu'il y ait
mis. L'enjoûment doit avoir fes bornes , & le déréglement dans la joie
fait fur les efprits raifonnables le même

me effet que la trifteffe, furtout dans des ouvrages de longue haleine, comme cette Satire mordante, qui doit avoir près de quinze cens vers, fi l'Auteur a voulu traiter toutes les parties de fon fujet. Je ne vous dirai rien des changemens de fcène qui viennent de fe paffer en France. Il faut voir la fin du fpectacle, avant que d'en porter fon jugement. Ce qu'il y a à faire, c'eft de prier Dieu que le bien ou le mal qui doit nous arriver, arrive bientôt.

BROSSETTE A ROUSSEAU.

Lyon 10 Septembre 1717.

C E mal qui répand la terreur,
Mal que le Ciel en fa fureur
Inventa pour punir les crimes de la terre,
La pefte, puifqu'il faut l'appeller par fon nom,

défole toujours la ville de Marfeille. Elle y a commencé par le peuple, & s'eft étendue enfuite indifférem-

Tome II.   O

ment à toutes fortes de gens ; de
forte que l'on fait monter aujour-
d'hui le nombre des perfonnes mor-
tes, à plus de vingt-cinq mille. Ce
qu'il y a de fûr, c'eft que le 21 &
le 22 du mois d'Août, il en mou-
rut 800. Croiriez-vous pourtant,
Monfieur, que le plus grand mal
n'eft pas la contagion, & qu'ils
fouffrent encore plus par la difette
de toutes les chofes néceffaires à la
vie ? Nommez-moi quelque chofe
de pire que d'être expofé en même-tems à la pefte & à la famine :
ajoutons encore l'affreux fpectacle
d'une ville remplie de morts & de
mourans, & la crainte continuelle
d'être frappé d'un mal, qui ne laiffe
qu'un intervalle de vingt-quatre
heures entre la fanté & la mort. Les
villes voifines, & celle de Lyon en
particulier, prennent toutes les précautions poffibles pour fe garantir
d'un fléau fi dangereux, en évitant
toute forte de communication. Dieu

veuille nous en préserver. Nous souf-
frons assez d'autres maux par l'affreux dérangement qui est arrivé
dans nos affaires ; & Dieu ne nous
en veut pas donner au-delà de nos
forces.

Vous avez appris la perte arrivée
dans le monde sçavant par la mort
de Madame Dacier. Cette Dame est
généralement regrettée, & elle mérite
de l'être. On trouve rarement des
personnes aussi vertueuses qu'elle,
& peut-être ne trouvera-t-on jamais
de femme aussi sçavante qu'elle l'é-
toit. Quand je la vis à Paris l'année
passée , M. Dacier & elle me pa-
rurent avoir pour vous des sentimens
d'une véritable distinction.

Le jour de la mort de Madame
Dacier a été un jour malheureux
pour les gens de Lettres ; car M.
Vergier, ci-devant Commissaire de
la Marine à Dunkerque, qui s'étoit
acquis un grand nom par ses Poësies,
& sur-tout par des Parodies d'une

grande délicateſſe , fut enlevé au
monde le même jour , ou plutôt la
nuit fuivante , par une mort funeſte.
Il avoit foupé chez Madame Fontaine; & comme il fe retiroit entre minuit & une heure , fans laquais &
fans lumiere , il fut aſſaſſiné au coin
de la rue du Bout du monde , abou-
tiſſant dans la rue Montmartre , par
trois perſonnes maſquées qui lui don-
nerent un coup de piſtolet à la gorge , & trois coups de poignards dans
le cœur. On ignore la cauſe de cet
aſſaſſinat ; car M. Vergier ne fut point
volé , & l'on ne ſçait pas qu'il eût
aucun ennemi, étant d'un caractére
fort doux, & d'un commerce très-
agréable : ainſi il y a lieu de croire
que ce malheureux aſſaſſinat a été fait
par méprife *. Cependant quelques-

* On a ſçu que l'Auteur de cet aſſaſſi-
nat étoit un voleur connu ſous le nom du
Chevalier le Craqueur , avec deux autres
complices , tous camarades du fameux
Dominique Cartouche.
   Le Chevalier le Craqueur fut rompu

uns l'ont attribué à une Parodie extrêmement fatirique qui parut quelques jours auparavant , & dont on
crut qu'il étoit l'auteur , quoique
fans fondement, & même contre toute apparence. Cette Parodie eft de la
derniere fcène de Mithridate. C'eft
tout ce que je puis vous en dire dans
une Lettre. M. Vergier étoit de
Lyon, & j'avois l'honneur d'être de
fes amis.

Il paroît un autre ouvrage intitulé les *Philippiques*, qui eft beaucoup
plus malin que la Parodie dont je
viens de vous parler. Ce font trois
Odes qui contiennent plus de 700
vers , & que je regarde comme la
plus violente Satire qui ait jamais paru. On l'attribue à un Auteur que

vif à Paris le 10 Juin 1722. & avoua ce
meurtre avec plufieurs autres. Son deffein étoit de voler M. Vergier ; mais il en
fut empêché par un caroffe , qui paffa dans
le moment que ces trois voleurs venoient
de le tuer.

vous connoissez, & qui a travaillé
pour le Théâtre. Mais les conjectures que l'on fait sur cela, comme sur
bien d'autres choses, sont sujettes à
de grandes erreurs, & à de dangereux inconvéniens. Rejouissez-vous,
M. de n'être pas à Paris dans ce tems
orageux : deux ou trois cens lieues de
pays ne sont pas un trop long intervalle pour vous mettre à couvert des
soupçons & de la calomnie.

ROUSSEAU A BROSSETTE.

Vienne le 28 Octobre 1720.

VOTRE lettre est venue bien
à propos, M. pour me rassûrer
sur les inquiétudes que votre silence
commençoit à me donner. Nous vivons dans un tems si calamiteux, que
les moindres choses suffisent pour
noircir l'imagination, & votre pays
est devenu une scène tragique, où
on ne connoît plus d'autre passion

que celles de la pitié & de la crainte. Je parle pour les honnêtes gens :
car les marques de la fureur qui tranf-
porte les autres, viennent tous les
jours jufqu'ici ; & la contagion dont
les efprits font infectés dans la Capi-
tale, n'eft pas moins digne d'hor-
reur, que celle qui défole Marfeille
eft digne de compaffion.

· J'ai vû & lû tout de leur long
ces ouvrages monftrueux dont vous
me parlez, M. avec tant de difcrétion, & j'avoue que s'ils étoient
faits contre le plus vil particulier du
Royaume, encore mériteroient-ils
un châtiment exemplaire. Mais il
faudroit que ce châtiment fe fît dans
les formes fur des convictions cer-
taines, & non fur des foupçons va-
gues, ou des dénonciations malignes. Rien ne feroit plus abfurde que
de foupçonner le pauvre Vergier d'a-
voir fait une piéce auffi miférable que
la Parodie de la derniere fcène de
Mithridate. Cependant comme on

ne juge des chofes en France que fur les noms, il aura peut-être fuffi que quelqu'un ait parlé de lui comme d'un auteur de parodies, pour le faire condamner fur l'étiquette. La colere n'aime pas les examens : il faut de la patience & du fang froid pour chercher la vérité ; & des gens offenfés n'en font pas capables. M. Vergier, que j'ai fort connu, étoit par fon caractére l'homme du monde le moins foupçonnable d'une telle méchanceté : Philofophe, homme de fociété, beaucoup d'agrément dans l'efprit, fans aucun mélange de mifanthropie ni d'amertume. Nous n'avons peut-être rien dans notre langue où il y ait plus de naïveté, de nobleffe & d'élégance que fes chanfons de table, qui font auffi ce qu'il a fait de meilleur, & qui pourroient le faire paffer à bon droit pour l'Anacréon François. Nous les chantons tous les jours ici, avec Mylord Cadogan, qui a paffé quatre mois avec l'Auteur à

Dunkerque, lorſqu'il y étoit pri-
ſonnier, & qui le regrette fort, auſſi-
bien que moi. Sa perte à cet égard
eſt irréparable. Celle de Madame
Dacier, dans un genre plus utile,
ne l'eſt pas moins. Sa traduction de
l'Iliade eſt un chef-d'œuvre, & ſes
Notes ſur ce Poëme & ſur l'Odyſſée,
ſont ce que je connois dans notre langue, après le traité du P. le Boſſu, de
plus propre à regler le génie d'un
Poëte. Les Novateurs gagnent beaucoup à la mort de cette illuſtre perſonne, qui étoit aujourd'hui la ſeu-
le dont l'autorité & le ſçavoir pût
encore les tenir en bride.

Au reſte j'ai ſçû, quoique vous
ne m'en parliez point par diſcrétion,
que dans le débordement de tous ces
infâmes vers ſatiriques qui courent
le monde, mes ennemis ne m'ont
point oublié. Ce ſeroit bien pis ſi
j'étois aſſez malheureux pour vivre
dans un pays auſſi livré à l'impu-
dente calomnie, que la France l'eſt

aujourd'hui. Mais foyez perfuadé,
M. que jufqu'à ce que je voie ceux
qui font des crimes pour en charger
les autres, démafqués & punis, je ne
voudrois pas être à Paris, même en
peinture ; & que je ne connois de Patrie que les lieux où la vertu & l'honneur peuvent vivre en fûreté.

Les nouvelles que nous avons des
ravages que la pefte fait en Provence, ne nous raffûrent point encore.
Quelques lettres difent qu'elle eft
dans le Comtat d'Avignon. Dieu
vous en préferve. Les Ninivites font
déja affez châtiés. C'eft bien leur
faute s'ils ne reconnoiffent point encore la main de Dieu dans les afflic-
tions dont ils font accablés.

Parlons de chofes moins lugubres.
Quand eft-ce donc, Monfieur, que
vous donnerez au public votre feconde édition des notes fur Boileau ?
Et ne voulez-vous point auffi mettre
la derniere main à celles que vous
nous avez promifes fur Regnier ?

Vous ne m'en parlez point dans la lettre à laquelle je réponds ici. Je vous conjure de m'en dire quelque chose dans la premiere, car j'ai une impatience que je ne puis assez vous exprimer, de voir paroître ces deux ouvrages éclaircis de votre façon, & sur-tout le dernier, qu'on commence assez à oublier en France, & qui est pourtant, dans la cathégorie poëtique, un de ceux qui lui fait le plus d'honneur. A l'égard du premier vous avez laissé si peu de choses à désirer, que tout autre que vous qui y voudroit ajouter quelque chose, courroit risque de le gâter plutôt que de l'embellir. M. le Prince Eugéne l'a reçu, & je vous en remercie aussi-bien que de Philotanus. J'envoie à M. Sudre de quoi payer le Libraire. Je suis toujours avec tout l'attachement & toute l'estime possible, Monsieur, votre, &c.

BROSSETTE A ROUSSEAU.

Lyon 15 Avril 1721.

SI j'avois autant de loifir , M. que j'ai de bonne volonté , vous recevriez chaque mois une de mes lettres tout au moins ; & je trouverois peut-être affez de matiere pour les remplir ; mais vous fçavez que les perfonnes bien occupées, & même fouvent celles qui ne le font point, ne font qu'une partie de ce qu'elles voudroient faire.

La maladie contagieufe de Provence eft beaucoup diminuée ; mais le mal a été fi grand dans la plûpart des lieux aufquels il s'eft attaché , que l'on regarde fa diminution comme un avantage confidérable. Marfeille en eft prefque délivée. Aix eft beaucoup foulagée ; Toulon eft toujours affez mal , & les autres villes voifines ont pris de fi grandes précautions pour fe garantir , que la maladie n'y a pas fait de grands progrès. Comme elle ne fe répand que par une communication immédiate des perfonnes ou des marchandifes, les habitans de Tarafcon fe font impofé la loi de faire une exacte quarantaine en s'enfermant dans leurs maifons , avec défenfe d'en fortir fous peine de la vie. Enfin les grands foins que l'on prend partout , nous font efpérer que tout fe diffipera fans de plus grands accidens.

Les amis de Madame Dacier ont honoré fa mémoire & fon tombeau de diverfes poëfies. M. l'abbé Fraguier entre autres a fait une belle Élégie Latine pour confoler M. Dacier ; & voici une Epitaphe de la façon de M. de la Monnoie.

Conjuge Dacerio , Tanaquillo digna parente,
  Hic pariam obus quæ fuit , Anna jacet.
Hæc & Ariftophanem docuit, Latiumque Menandrum,
  Hæc & Mæonidem gallica verba loqui.
Hanc igitur meritis pro talibus Attica pofthac ,
  Hanc Latia , hanc femper Gallica Mufa canant.

Voici le fragment d'une Lettre de
M. de Voltaire à M. le Duc de Sully.

Peut-être les larmes aux yeux
Je vous apprendrai pour nouvelle
Le trépas de ce vieux gouteux,
Qu'anima l'esprit de Chapelle.
L'éternel abbé de Chaulieu
Paroîtra bientôt devant Dieu :
Et si d'une Muse féconde
Les vers aimables & polis
Sauvent une ame en l'autre monde,
Il ira droit en paradis.

. . . .

Il fit même un fort long sermon,
Qui satisfit son auditoire :
Tout haut il demanda pardon
D'avoir eu trop de vaine gloire.
C'étoit-là, dit-il, le péché
Dont il fut le plus entiché.
Car on sçait qu'il étoit Poëte,
Et que sur ce point tout Auteur,
Ainsi que tout Prédicateur,
N'a jamais eu l'ame bien nette.

On n'a pû découvrir les affassins
du pauvre Vergier, mais on n'a pas
laissé de faire contre eux les procé-
dures ordinaires. Ils ont été condamnez à être rompus vifs, & le jugement a été exécuté par effigie. La
famille & les amis de M. Vergier,
qui ont vû l'éloge que vous en faites

dans la lettre que vous m'avez écrite, m'ont prié de vous en remercier.
On m'a promis de m'envoyer de Paris
tous ses ouvrages écrits de sa main,
& trouvés chez lui après sa mort.

On a repréfenté fur le Théâtre
François une Tragédie nouvelle, intitulée les Machabées, qui a eu,
dit-on, beaucoup de fuccès. On en
ignore l'auteur, qui s'eft dérobé jufqu'à préfent à la curiofité publique.
La piéce n'a pas encore été imprimée. Dufrény a fait jouer une Comédie de fa façon, que je ne connois
point, & qui s'appelle, ce me femble,
le Mariage mal afforti.

Parmi un grand nombre d'Infcriptions qui ont été propofées pour être
gravées fur les quatre faces du pié-
deftal de la Statue equeftre érigée à
Lyon, voici celles qui ont paru les
meilleures.

Premiere Face.	Premiere Face.
Ludovico Magno.	*Ludovico Magno.*
	Regi, Patri, Heroi.
	Anno M. DCCXIII.

Seconde Face.

Optimo
& amantiſſimo Principi,
Franciſ. de Villeroy
Urbis & Provinciæ
Gubernator.

Troiſiéme Face.

Publicæ
Felicitatis auctori,
Mercat. præpoſ. coſſ.
& cives Lugdunenſes.

Quatriéme Face.

Æternum
Amoris & Fidei
Monumentum
poſ. M. DCCXIII.
perf. M DCCXX.

Seconde Face.

Veræ Religionis
Adſertori.

Troiſiéme Face.

Bonarum artium
Parenti.

Quatriéme Face.

Belli & pacis
Arbitro.

Les figures & les ornemens qui
font placés dans les quatre tables du
piédeſtal en cachent une partie, &
ne laiſſent pas de place pour des Inſcriptions plus étendues que celles de
la premiere colonne. On trouve
trois défauts dans les Inſcriptions de
la feconde colonne. Le premier eſt
que ce font plûtôt des Légendes de
Médaille, que des Inſcriptions pour
un Monument auſſi grand, auſſi ſu-

perbe, & auffi augufte que celui dont il s'agit. Le fecond défaut eft que ces Infcriptions n⬛⬛ifent rien de nouveau, & le tr⬛⬛me eft qu'elles ne font aucune mention du Monument, ni des perfonnes qui l'ont érigé, ni du lieu même où il a été érigé.

Apprenez - moi un peu ce que vous penfez de tout cela, auffi·bien que de la lettre que j'ai écrite au P. Tournemine, & dont je vous envoie une copie. Il s'agit entre lui & moi d'un petit démêlé, dont je fuis bien-aife que vous ayez connoiffance, & c'eft ce que ma lettre vous apprendra. Il y a cinq mois & plus que je la lui fis rendre par un de mes amis ; & comme il n'a pas daigné me faire réponfe, je ferois prefque tenté de dire avec Cicéron : *Quid putem ? contemptum ne me ? Non video, nec in vita, nec in gratia, nec in rebus geftis, nec in hac mea mediocritate ingenii, quid difpicere poffit Antonius.* Faites - moi part de vos réflexions, & furtout de vos corrections, si vous trouvez que ma lettre les mérite. Vous savez combien de cas je fais d'▮▮unes, & avec quelle déférence je ▮▮ois les autres. Vous ne devez pas douter non plus des sentimens pleins d'estime & de considération avec lesquels je suis.

Je vous fais part de deux vers latins attribués au Pere Buffier, & adressés au Pere Tournemine.

Quàm bene de facie versâ tibi nomen, amicis
Tam citò qui faciem vertis, amice, tuis!

ROUSSEAU A BROSSETTE.
Vienne 18 Juin 1721.

QUELQUE impatience que j'aye de recevoir de vos nouvelles, M. je ne suis point assez injuste pour exiger de vous une exacte correspondance. Sans parler de vos occupations qui sont une excuse plus que légitime, je compte trop sur votre amitié pour la faire dépendre d'un peu plus ou d'un peu moins d'exactitude. C'est un signe pour l'ordinaire assez équi-

voque, & l'expérience m'a fait connoître plus d'une fois que ceux qui
nous trompent font ceux qui nous né-
gligent le moins. J'ai reçu celle que
vous m'avez fait l'honneur de m'écrire du 15 Avril, & j'y aurois plutôt
répondu fi je n'avois pas cru recevoir
peu de tems après, votre lettre imprimée au P. de Tournemine. Je voulois n'en pas faire à deux fois, & pouvoir joindre mon fentiment fur cette
lettre à ma réponfe ; mais comme je
ne fçai pas jufqu'où cette attente
pourroit me mener , j'aime mieux
vous écrire moins au long , que de
différer plus longtems à vous écrire.

L'Epitaphe latine que vous m'envoyez , m'a paru fort bien. Elle eft
fimple , & dit ce qu'elle doit dire
d'une maniere nette & concife, &
fans recourir à ces penfées recher-
chées , & à ces brillans hors de place ,
que les petits efprits ont mis fi fort à
la mode depuis une vingtaine d'années. Je fuis perfuadé que l'Elégie de
l'abbé Fraguier fur le même fujet, fera

encore meilleure. C'eſt un homme
d'un goût exquis dans tout ce qu'il
fait, & d'un jugement ſur pour tout ce
que font les autres. Vous m'avez parlé
autrefois d'une diſſertation ſur Pindare, dont vous eûtes même la bonté
de me tranſcrire un morceau que je
trouvai admirable. Ne pourrois-je
point avoir la piéce entiere ? J'en aurois actuellement beſoin. A l'égard du
fragment de la lettre de M. Arouet,
j'en trouve les vers joliment tournés;
mais à vous dire le vrai, tout ce que
j'ai vû de ce jeune homme depuis ſes
diſſertations ſur les trois Œdipes, me
fait craindre qu'il ne prenne trop ai-
ſément des impreſſions de ceux avec
qui il paſſe ſa vie, & que l'eſprit des
autres ne paſſe trop facilement dans le
ſien, qui eſt beaucoup meilleur. Je
reconnois celui du défunt dans la façon cavaliere dont il traite trois de
nos plus auguſtes Sacremens, & je
m'étonne qu'il n'ait pas reconnu dans
le commerce de celui dont il fait une
ſi belle Oraiſon funébre, combien

faftidieufe chofe c'eft qu'un vieux badin , qui confond tous les fujets dans
le même badinage.

Il y a longtems que j'entends parler de la Tragédie des Machabées : on
doit me l'envoyer dès qu'elle fera imprimée. Perfonne ne m'en a pû dire
l'auteur , & je n'en connois aucun qui
foit capable de faire une piéce mar-
quée à un auffi grand coin qu'on le dit
de celle-là. Quelques-uns l'ont attri-
buée à la Motte ; mais s'il n'y a ni
pointes , ni penfées fleuries , ni petites fineffes d'efprit , elle ne fçauroit
être de lui.

Je viens à vos Infcriptions pour la
Statue équeftre de Louis le Grand.
Il eft fâcheux que dans un monument élevé à la gloire d'un Prince de
cette réputation , on n'ait pas fongé
à laiffer affez de place pour parler
d'une partie de ce qui caractérife fon
regne , & qu'on ait eu plus d'égard
à la gloire du Sculpteur qu'à celle du
Monarque. Je fuis entierement de votre avis fur celles de la feconde co-

lonne. Elles reſſemblent plutôt à des
Légendes de médailles , qu'à des Inſcriptions. Elles ne diſent rien que de
vague , & n'apprennent rien de ceux
qui ont érigé le monument ; omiſſion
qui ne ſçauroit être excuſée par aucun exemple. Celles de la premiere
colonne ſont infiniment meilleures ;
mais pour en mieux juger , il faudroit
ſçavoir ce que les ornemens du piédeſtal peuvent avoir de commun
avec ce qui eſt écrit ſur les faces. Si
la choſe eſt indifférente , il me ſemble que comme cette Statue a été faite l'année de la paix de Raſtad , qui
fait le couronnement de la vie du
Roi , il vaudroit mieux parler d'un
auſſi grand dénouement , que de ſe
contenter du lieu commun de *publicæ
felicitatis Auctori* , qui a été dit cent
fois , même des plus mauvais Princes.
Voici donc comme je voudrois tourner ces quatre petites Inſcriptions ,
eu égard au peu de place que laiſſent
les faces du piédeſtal.

Premiere Face.

Ludovico Magno
Optimo
& amantissimo Principi.

Seconde Face.

Bello feliciter confecto,
Pace
Orbi datd.

Troisiéme Face.

Franc. de Villeroy
Urb. & Prov. Gubernator,
Mercat. præpof. ceff.
& cives Lgd.n.

Quatriéme Face.

Æternum
amoris & fidei monumentum
Pof. M. DCCXIII.
Perf. M. DCCXX.

Je ne vous parlerai plus de votre
seconde édition de Boileau, puisque
c'est des Libraires de Genève qu'elle
dépend. Pour Regnier vous ne m'en
parlez plus, je serois bien fâché si
vous ne laissiez rien au frere aîné,
après avoir si bien partagé le cadet.
Je suis toujours avec tout l'attachement & toute l'estime imaginable,
M. votre très-humble, &c.

BROSSETTE A ROUSSEAU.

Lyon 12 *Juillet* 1721.

MA lettre sera fort courte, M.
mais elle est si bien accompagnée, que vous y perdriez si elle
étoit plus longue. Je vous envoye

une copie du difcours fait par M.
l'abbé Fraguier le jour de fa recep-
tion à l'Académie des Infcriptions
& Belles-Lettres, fur le caractere de
Pindare. Vous êtes caufe que j'ai
relu ce difcours , & je l'ai trouvé
admirable. Je ne doute pas que vous
n'y trouviez le même agrément, &
j'ai fouhaité plufieurs fois en le lifant, que la vive peinture que l'auteur y fait de l'enthoufiafme réveille
en vous ce feu divin qui vous infpi-
roit , quand vous composâtes votre
Ode fur la naiffance de M. le Duc de
Bretagne, & celle fur la Fortune.
Je joins à ce difcours quelques fragmens que l'on m'a envoyés de la Tragédie des Machabées , & vous jugerez aifément par cet échantillon , fi
la piéce n'eft point de M. de la Motte.
Quelques perfonnes affurent qu'elle a
été commencée par M. Racine.

M. Sudre me fait efpérer que vous
recevrez bientôt la copie manufcrite
que je vous ai envoyée de ma lettre

au

au R. P. Tournemine. J'ai intérêt qu'elle ne vous ſoit pas rendue avec le diſcours de M. l'abbé Fraguier : car il n'eſt pas avantageux de paroî-tre de front avec un Ecrivain tel que lui. Cependant , M. vous m'avez promis de me dire votre ſentiment avec franchiſe ſur ma lettre. Je l'at-tens avec autant d'empreſſement que j'en ai à vous aſſurer de l'eſtime par-faite avec laquelle je ſuis, &c.

Je me propoſe pendant les vaca-tions prochaines d'achever mes No-tes ſur Regnier. Il n'eſt pas poſſible qu'elles ſoient auſſi hiſtoriques, auſſi remplies , ni auſſi intéreſſantes que celles que j'ai faites ſur Boileau ; & vraiſemblablement le frere aîné ſera plus mal partagé que le cadet. Ce-pendant j'eſpére de le faire paroître dans le monde avec honneur.

ROUSSEAU A BROSSETTE.

Vienne 1 *Septembre* 1721.

PERMETTEZ-moi, M. de vous adreffer cette lettre pour M. l'abbé Thoulier. L'interdiction des marchandifes de France me prive de la lecture du livre de la Nature des Dieux, que cet illuftre ami a eu la bonté de m'envoyer de Paris, & j'en fuis d'autant plus affligé, qu'ayant dès longtems fait un de mes fyftêmes des fentimens de l'auteur Romain, je comptois de faire une de mes études des Remarques du Traducteur Fran- çois. Je vois bien qu'il faudra me ré- foudre à attendre qu'il ait plu à Dieu de délivrer la Provence du fléau qui l'afflige, à moins que les Hollandois ne foient affez diligens pour nous met- tre en état de recevoir leur édition avant celle de Paris. Mais vous, M. ne nous ferez-vous plus rien voir de nouveau? Et vos occupations ne vous permettront-t-elles point d'achever ce que vous avez commencé fur les Satires de Regnier ? Ce feroit certainement une perte pour notre nation , à qui cet Auteur peut faire beaucoup d'honneur lorfqu'il fera expliqué par un homme comme vous. Je n'ofe vous trop preffer de m'écrire plus fouvent, connoiffant combien votre tems vous eft cher; mais je vous prie au moins de vous fouvenir quelquefois de moi , & de ne pas tout-à-fait oublier que vous avez fur les frontieres de la Pannonie , & dans le voifinage des Quades & des Daces , un ami zelé qui regarde tous vos avantages comme les fiens propres , & qui fait profeffion d'être avec une auffi parfaite eftime & un dévouement auffi fincére que perfonne qui foit au monde , Monfieur , &c.

ROUSSEAU A M. L'ABBÉ THOULIER.

Vienne 1 *Septembre* 1721.

CE n'eft point par ma faute, M. que je répons fi tard à la lettre

que vous m'avez fait l'honneur de
m'écrire du 6 Mai dernier. Elle ne
m'a été rendue , je ne fçai pourquoi ,
qu'au commencement du mois dernier , & comme elle me faifoit efpérer que je recevrois bientôt le livre
dont vous avez la bonté de me faire
préfent , & que j'attens avec tant
d'impatience , je voulois pouvoir
confondre dans une même réponfe
mes remercimens avec mes éloges ,
& vous mettre en état de juger du
profit que j'aurois fait à la lecture
d'un ouvrage dont je conçois d'a-
vance toute l'utilité : mais l'interdiction du commerce des marchandifes de France , qui n'étoit que
pour les Provinces méridionales de
ce Royaume , étant devenue générale , j'ai tout lieu de craindre qu'il
ne fe paffe encore bien du tems avant
que je puiffe profiter de vos bontés
& de vos lumieres , & il ne feroit ni
honnête à moi, ni édifiant pour vous
que je gardaffe le filence plus long-

tems. Comme vous ne m'avez point donné d'adreſſe pour vous écrire, j'envoie ma lettre à Lyon ſous le pli de M. Broſſette, avec qui je ne douté point que vous ne continuyez d'être en commerce. Ce n'eſt preſque plus que par lui que j'y ſuis encore un peu avec les Muſes. Ce pays-ci n'eſt point leur patrie , & j'ai ſenti plus d'une fois la violence qu'elles ſe font pour y reſter. Je n'aurois pas moins beſoin d'elles pour écrire une hi-ſtoire en proſe, que pour compoſer des ouvrages en vers , & celle de M. le Prince Eugéne ſeroit ſans contre-dit le plus grand ſujet que je puſſe choiſir; mais ſa modeſtie & ma foi-bleſſe ſont deux obſtacles bien diffi-ciles à vaincre pour moi. Ainſi, Mon-ſieur, je puis vous répondre que juſ-qu'à préſent il n'a point été queſtion de ce travail , & que ceux qui vous en ont parlé, ont plutôt deviné ce que je voudrois faire, que ce que je fais effectivement. Faites-moi la juſ-

tice de croire que perſonne du monde ne connoît mieux le prix de votre
amitié, & n'a plus d'envie de la mériter. C'eſt avec ce ſentiment, joint à
une eſtime & un dévouement ſans
borne, que j'ai l'honneur d'être, &c.

ROUSSEAU A BROSSETTE.
Vienne 8 Novembre 1721.

J'AI reçu il y a trois jours, M. la
lettre que vous m'avez fait l'honneur de m'écrire du 12 Juillet, accompagnée d'une autre de M. Sudre
du 15 Octobre. Ce long retardement, cauſé, à ce qu'il me marque,
par une longue maladie dont il a été
affligé, m'a privé plus de trois mois
d'une des plus agréables lectures que
j'aie faites depuis longtems. Le diſcours de M. l'abbé Fraguier ſur Pindare, eſt non ſeulement un tréſor de
bon ſens & de goût, mais il peut paſſer pour un chef-d'œuvre d'éloquence, & ſi je l'oſe dire même, de Poë-

fie, par la maniere fublime dont il eft écrit. Pour s'exprimer auffi noblement qu'il le fait, il faut être auffi grand poëte que grand critique. Ce n'eft point un écrit, c'eft un difcours animé. On voit l'Orateur, on l'entend, on entend le poëte lui-même ; & il femble que ce foit l'ame de Pindare qui parle, pour faire connoître Pindare. Je fuis très-aife qu'un difcours qui doit faire autant d'honneur à notre fiécle, foit d'un homme que j'honore, & qui m'a toujours marqué de l'amitié. Je fuis perfuadé que cette amitié dure encore, ne l'ayant jamais crû affez dupe pour me foupçonner d'être l'auteur des pitoyables Épigrammes qu'on a imprimées en Hollande fous mon nom, & qui ne peuvent être que l'ouvrage de quelque faquin qui a voulu par là me brouiller avec lui. Nous avons toujours penfé l'un cômme l'autre fur le fait des Anciens ; & je me fouviens même de vous avoir écrit, il y a quelques an-

nées , à propos des écarts de Pindare
& d'Horace , quelque chofe d'affez
approchant de ce que j'ai lû dans fon
difcours. Comme je ferai obligé de
toucher cette matiere dans la Préface
que je ferai pour la nouvelle édition
de mes œuvres, vous me feriez plaifir , M. en cas que vous puifliez re-
trouver la lettre où fe trouve cet article , de vouloir bien me le faire copier tout du long , & de me l'envoyer le plutôt qu'il vous fera poffible;car je commence à croire que cette
édition fi longtems différée , ne tar-
dera pas longtems à paroître au jour.

J'ai lû avec plaifir les fragmens
que vous m'avez envoyez de la Tragédie des Machabées. J'y ai trouvé
de la pureté & de la nobleffe , & rien
qui fente le Madrigal , comme les
vers de la Motte ; mais ils n'ont ni le
tour, ni la force de ceux de Racine,
& je fuis perfuadé que fi ce dernier
avoit entrepris un pareil fujet, il fe
feroit bien gardé de repréfenter un

Machabée amoureux. Il faudroit voir la piéce entiere pour en pouvoir juger exactement. Cependant je vous suis très-obligé de la peine que vous avez prise de m'envoyer cet échantillon, qui suffit pour donner une idée du reste.

Je ne puis vous dire à quel point je suis charmé d'apprendre que vous avez enfin resolu de mettre la derniere main à vos notes sur Regnier. C'est sans contredit un des meilleurs Poëtes de notre Pleïade : & quoique M. Despréaux soit fort au-dessus de lui pour l'ordre du discours , & la pureté du stile , il se soutiendra toujours contre M. Despréaux même , pour l'énergie des expressions , & l'assemblage original des paroles , en quoi nul auteur que je sache , ne l'a surpassé. Vous rendrez un grand service à notre langue en ressuscitant ce vieux auteur, dont la lecture est plus capable qu'aucun autre , de former de bons éleves , pour peu qu'on y apporte de précautions.

BROSSETTE A ROUSSEAU.

Lyon 12 *Novembre* 1721.

CE s jours paſſés étant à la campagne, Monſieur, je lus dans le
Spectateur, *que la perſonne qui négli-
ge de voir un ami agréable, eſt aſſez
punie par ſa négligence même, puiſqu'un
tel homme ne ſe trouve pas dans tous
les coins des rues.* Cette réflexion me
rappella l'idée du tems que j'avois
demeuré ſans vous écrire, & je me
reprochai bien ſérieuſement ma négligence. Je me la reprochai pourtant ſans en être coupable, car j'attendois, pour vous écrire, que vous
euſſiez fait réponſe à ma dernière
lettre du 12 de Juillet, avec laquelle
je vous avois envoyé la Diſſertation
de M. l'Abbé Fraguier ſur Pindare.
Je comptois que vous auriez reçu
mon paquet, mais j'apprens que l'interruption du commerce a empêché
le paſſage des voitures. Je ſuis fâché

que cet inconvénient vous ait empêché de récevoir la traduction *de la*
Nature des Dieux, de notre ami l'abbé
d'Olivet. Cette traduction eft exacte, élégante, & n'a point cet air de
copie que les traductions ont ordinairement. Je fuis perfuadé que vous
en ferez content auffi - bien que de
fes Notes, qui font courtes, mais
vives & ingénieufes. Je lui ai envoyé la lettre que vous m'avez adreffée pour lui. Il me mande qu'il fera
imprimer cet hiver *Huetiana,* manufcrit original, & tout entier de la
main de M. Huet, qui le lui confia
quelque tems avant fa mort pour le
publier. Il m'affure que l'ouvrage eft
excellent, & qu'il peut le difputer
aux meilleurs que l'illuftre Auteur
ait donnés. Notre ami travaille auffi
à l'hiftoire de l'Académie Françoife,
& il eft très-capable d'être le conti-
nuateur & le fuccefleur de Péliffon.
La premiere partie, qui contient
l'Hiftoire générale de l'Académie eft

achevée ; & la seconde, qui contient l'histoire personnelle des Académiciens morts depuis 1652 , est fort avancée. Ce livre, selon le goût du siécle , qui est fort avide des anecdotes & des personalités , sera fort intéressant , surtout par la maniere dont l'Auteur doit traiter une matiere aussi variée & aussi agréable que celle-là.

Il n'est pas moins exact que vous ; M. à me demander des nouvelles de ma seconde édition de Boileau , & de mes Notes sur Regnier. J'ai travaillé à celui-ci pendant cette automne , & j'ai fait la collection de toutes les variantes. Cette partie de l'ouvrage est la plus pénible & la plus longue ; car de huit ou de dix éditions différentes de Regnier , que j'ai ramassées avec soin, il n'en est pas une qui ne contienne des leçons diverses , fort considérables & en très-grand nombre. Par bonheur j'avois chez moi à la campagne deux ou trois amis qui se sont fait un plaisir de relire leur Regnier avec moi, pour marquer tous les changemens qui y ont été faits, soit pendant la vie de l'Auteur, soit depuis sa mort. Il y a même quelques-unes de ces diverses leçons sur lesquelles je prendrai la liberté de vous consulter, afin de choisir les meilleures, & de fixer le texte avant que de le faire imprimer.

Mais vous, M. qui voulez bien vous intéresser à mes frivoles occupations, quand est-ce que vous aurez la complaisance de me rendre compte des vôtres, qui sont bien d'une autre importance, & ausquelles toutes les personnes d'un certain goût sont intéressées ? Quand nous donnerez-vous une nouvelle édition de vos ouvrages, & de quels ouvrages sera-t-elle augmentée ? Voilà de la matiere pour un article de la premiere lettre que vous m'écrirez.

Vous sçavez que M. de la Motte s'est enfin déclaré auteur de la Tragédie des Machabées, & qu'il en va donner une autre intitulée Romulus.

ROUSSEAU A BROSSETTE.
Vienne 6 Janvier 1722.

JE réponds bien tard , M. à la lettre que vous m'avez fait l'honneur de m'écrire du 12 Novembre ; mais auffi l'ai-je reçue fort tard : & d'ailleurs je voulois avoir quelque chofe à vous dire fur mon départ de ce pays-ci pour les Pays - Bas & la Hollande, où j'ai deffein de faire imprimer enfin la nouvelle édition de mes ouvrages, à laquelle vous avez la bonté de vous intéreffer. Ce départ n'eft pas encore fixé, mais il eft réfolu ; & à moins qu'il ne furvienne quelqu'empêchement imprévu, comme cela eft déja arrivé plufieurs fois, j'efpére que le Carême ne me trouvera pas à Vienne , & qu'avant la fin de l'année mon impreffion verra le jour. Elle fera , comme je crois vous l'avoir déja mandé , augmentée des deux tiers ; ma premiere n'étant que de cinq mille vers, au lieu que celle - ci paffera quatorze

mille , qui compoſeront un volume
in-4°. d'une groſſeur très-raiſonnable.
Quant aux piéces ajoutées , elles ſont
du même genre que les premieres :
des Pſeaumes , des Epîtres ; des Can-
tates , des Epigrammes , deux nouveaux livres d'Odes , deux livres
d'Allégories , & quelques Poëſies
diverſes. Voilà, M. tout le plan de l'é-
dition que je projette ; & qui con-
tiendra tout ce que j'ai jamais fait de
vers , à la réſerve de trente - quatre
Epigrammes dont je demande pardon à Dieu , & des deux mauvais
Opéras qu'on a fourrez dans l'édition
de Hollande , qui ſont trop indignes
du reſte pour y être joints , & qui ne
pourroient ſervir qu'à faire voir que
mes commencemens ont été ceux
d'un très-petit écolier. Je tiens pour
maxime que c'eſt manquer de reſpeƈt
au public , que de lui donner des ouvrages de rebut , & que pour rendre
un livre digne de ſa curioſité, il ne ſuf-
fit pas qu'il ſoit plein de bonnes choſes, mais qu'il faut encore, s'il ſe peut,

qu'il n'y en ait point d'abſolument mauvaiſes.

Je n'avois point encore la traduction de M. l'abbé d'Olivet quand j'eus l'honneur de vous écrire ma derniere lettre. Je l'ai reçue depuis, & je l'ai lue avec une ſatisfaction égale à l'empreſſement que j'avois de la lire. Je ne connois point de livre mieux écrit en François, & il peut faire autorité dans la langue comme Vaugelas & Patru. Il n'en doit rien à l'original pour l'élégance, & il l'emporte de beaucoup pour la netteté. Les remarques du Traducteur ſont dignes d'un Philoſophe chrétien, auſſi-bien que ce qu'il dit à la fin touchant la Théologie des Anciens. Je vous prie, M. de vouloir bien lui faire mes complimens, & de l'aſſurer qu'il trouvera toujours en moi l'admirateur le plus ſincére, & le ſerviteur le plus zelé qu'il puiſſe avoir au monde.

Je ſuis perſuadé que l'hiſtoire des Académiciens réuſſira, étant en

d'auſſi

d'auffi bonnes mains. C'eft une matiere affez féche, qui ne peut guères intéreffer que par l'adreffe de
l'Ecrivain. M. Péliffon lui - même,
tout grand Ecrivain qu'il étoit, n'a
dû fon fuccès qu'à la reconnoiffance
d'une Compagnie qui a crû trouver
fa gloire dans celle de fon panégi-
rifte ; car avec tous les éloges que
fon hiftoire a reçus, elle eft tombée,
& il eft certain qu'elle ne fe fait point
lire avec plaifir. On lui avoit repro-
ché un ftile trop fleuri dans fa differtation fur les ouvrages de Sarrazin.
Il a donné dans un excès tout op-
pofé, & a écrit purement, je l'a-
voue, mais froidement, un tiffu de
particularités froides d'elles-mêmes,
& peu intéreffantes pour le lecteur.
Je ne fçai fi ce fentiment ne vous
paroîtra point un peu fingulier en
moi, mais je fuis prefque fûr que
vous fentirez la même chofe, fi jamais l'envie vous prend de relire ce
livre. Les Anecdotes & les perfo-

Tome II.   Q

nalités ne sçauroient manquer de plaire quand elles servent d'éclaircissement à un Auteur auffi célébre & auffi fameux que Boileau ; mais quand elles ne servent qu'à faire connoître des gens du commun, il faut un grand agrément dans l'historien pour les faire paffer. Je vous demande le secret sur cet article de ma lettre ; car je fuis bien aife de n'avoir tort ou raifon que devant vous.

A l'égard du *Huetiana*, il pourra y avoir de fort bonnes chofes, mais je crains un peu les vifions favantes de l'auteur. Sa démonftration évangélique, qui eft le plus confidérable de fes ouvrages, en eft toute pleine, & fon entêtement de faire paffer Moyfe pour l'original de tous les Dieux & de tous les Héros du Paganifme, lui a fait avancer une foule d'abfurdités qui pafferoient pour une ignorance groffiere dans un homme qui n'auroit point farci d'hebreu toutes les pages de fon livre. Pour moi qui aime encore mieux ceux qui ne favent rien que ceux qui favent mal, je ne fais aucune différence entre l'ignorant & le vifionnaire, fi ce n'eft que le premier eft quelquefois modefte, & que le vifionnaire eft toujours orgueilleux.

Je fuis très-aife que vous ayez achevé de fixer le texte de Regnier. C'eft la partie la plus néceffaire & la plus pénible de votre travail. Le refte ne fera qu'un amufement pour vous, & j'efpére que nous jouirons bien-tôt du fruit de vos recherches fur un auteur qui peut aller de pair avec ce que notre langue a de meilleur parmi fes Poëtes. J'en attends la publication avec la derniere impatience, & je vous demande, M. un petit article dans toutes vos lettres fur l'avancement d'un ouvrage fi curieux & fi utile.

Sur les trente vers choifis que vous m'avez envoyez de la Tragé-

die des Machabées, il étoit plus aifé
de deviner de qui elle n'eft pas, que
de qui elle eft. J'ai bien fenti que la
force de Racine y manquoit, & que
ce grand homme n'étoit pas capable
de faire un amoureux de Théâtre,
d'un Martyr de l'Ancien Teftament.
Du refte le ftile de ces trente vers pouvoit difficilement faire reconnoître
un Auteur qui n'a jamais fait de Tragédie, & j'avoue que je n'y ai point
reconnu la Motte. Nous verrons
comment il fe tirera du caractére de
Romulus.

Fin du Tome fecond.

www.ingramcontent.com/pod-product-compliance
Lightning Source LLC
Chambersburg PA
CBHW070323030726
47505CB00004B/1073